七個不算太暗的夜晚

點亮生命中的那些微光，
指引著我們想去的方向

夜晚總是漆黑又沉寂的，
但若有點點星光相伴，那它們便不算太暗。
就像人生一般。

「我的生活，就是每天都準備去死，
也每天都給自己找理由活下去。」

熊德啟 著

目錄

目錄

序

多年前，我在電視臺工作，出差去南方縣城。

入夜的國道一片漆黑，本在車上昏睡的我被一束微光喚醒。是國道邊的水站，那種給大貨車加水降溫的地方。門口掛著牌子，一面寫著「加水」，一面寫著「賣麻鴨」，在風裡來回搖擺。空地上坐著一個赤膊的男孩，抱著一盞檯燈，在看一本書。

身為寫作者，我問自己：他在看什麼樣的故事？

如果能回答這個問題，或許意味著某種暢銷的密碼——當時我是這麼認為的。

那個男孩曾無數次出現在我因為寫作不順而焦慮煩躁的腦海裡。他到底愛看什麼呢？他到底會因為什麼而感動？我寫的這些東西他會喜歡嗎？至今沒有答案。

於是我對自己提出另一個問題：他有什麼樣的故事？

序

這個問題最後變成了一篇小說，叫《詩的證言》，也收錄在這本小說集裡。

這或許是他的故事，或許是我的故事，或許也是你的故事。

說到底，我們都需要故事。

故事裡有發著光的生命，可以點亮那些過於黑暗的夜晚。

熊德啟

江城子

無夢的一夜，醒來萬事如常。王常友決定去殺一個人。

如果王常友有個足夠親密的人可以分享這件事，那人或許會對他說：你精神有問題吧？

但他沒有了。

作案工具已經選好，那把平時用來削萵筍的菜刀，刀頭拐彎，能吃得上勁兒。姿勢也選好了，從側頸砍下去，利刃入肉，斜著一拉，肯定活不了。

後續也有了安排，刀找個魚塘扔掉，趁著事情沒敗露的時候趕緊坐車回老家。等回到小縣城，再想個辦法把自己搞死。倒也算是個計畫，就是「想個辦法把自己搞死」這最後一步有些模糊。說來也好笑，殺別人的思路還挺清晰，殺自己反而沒什麼想法。

服毒不可靠，王常友見過喝二氯松被救回來的人，那真是生不如死。而且退一萬步說，現在這世道，二氯松也不知道是不是假貨，萬一吃錯了藥，人沒死成還進了醫院，連住院費都結不起。跳樓是個選項，可惜老家的縣城裡一片荒蕪，別說高樓，完整的樓也沒剩幾棟。找個矮地方跳下來萬一不小心再殘了一條腿，以後連樓都上不去了。

媽的，還是讀書讀少了，沒文化，連自殺的辦法都如此匱乏。

菜刀別在腰後的皮帶上，穿上衣兜最多的一件外套，揣上身分證、菸、打火機，抓了一把火腿腸和散碎的紙鈔，喝下一大碗水，出門。

王常友現在只剩下一個問題：殺誰呢？

「老王！出門啦？我今天要晚上才上班哈！」

這是一個四十來歲的男人，叫金老二，在街對面二樓的公共陽臺上遠遠地對王常友喊著。這縣城雖不大，但王常友並沒什麼說得上話的人，金老二算一個。王常友抬起眼皮和他打了個哈哈，撩起左邊的褲腿給他看了看。

「哎喲！今天不開張啊？那你過來打牌嘛！缺幾塊錢菸錢，等你湊起！」金老二叼著根菸露出一臉痞笑，向王常友招手。

「呸！」王常友一口濃痰噴射出去。

王常友不是武俠小說裡吐棗核殺人的怪胎，這一口痰只是他與世界相處的方式。痰自然是噴不到金老二的身上，落在了馬路中央，日光照射下還有些亮眼，全然不似渾濁的汙穢，倒像是誰遺落的硬幣，一輛車碾過去，終於匯入爛泥。也不再理仍在叫囂的金老二，王常友直接往前走，搖搖晃晃的樣子像隻企鵝。走了幾步，舉起右手，遙遠地朝金老二豎起一根中指。

「要不然我輸你點兒？拿去鉸個頭！看你一副鬼樣子，嚇死個人！」金老二還在嘟囔著。

王常友一邊走一邊想：金老二這個人，殺不殺？

也不知想了些什麼，最後決定，算了。隨後又想：為什麼算了？是不是因為金老二這個人雖然嘴碎，但其實對自己還算過得去，不是個壞人？可是放眼望去，這街上來來往往的，誰又是個壞人呢？

這到底算不算是個理由？王常友不知道。

金老二一根菸還沒抽完，怎麼也想不到，笑罵之間，自己已經去鬼門關敲過一次門。

王常友住的地方離高速公路的出口不遠，出口的收費站下面是個陡坡，下坡就是個急彎，雖然好幾處都裝了凸面鏡，也攔不注意外時常發生。

這些意外裡，一小半都和王常友有關。

王常友的左腿從大腿根以下全沒了，裝了支義肢。也正是這義肢，賦予了他和其他碰瓷者不一樣的競爭力。

普通的碰瓷，最難的是傷情鑑定，往往都說自己被撞出了內傷，但內傷這個事情太主觀，可大可小，總是扯皮。而如果像王常友一樣有義肢加持就不同了，義肢這東西很明確，壞了就是壞了，褲腿一拉，一眼就能看出來。清晰，毫無爭議，明碼實價。

當然，王常友有兩支義肢，平日生活裡用好的那支，「做生意」的時候，直接戴那支壞掉的。起初還真傷到過自己，後來稍微注意點姿勢，摔得漂亮，起來後褲腿一拉，直接要錢。

本地車王常友堅決不碰，只找外地車，因為這畢竟是個長久生意，外地車一般都是過客，在本地毫無根繫，撞了就認栽，不至於回來找碴兒。撞完了從地上起來，先熱情地表示自己人沒事，叫對方別擔心，司機往往在此刻就放鬆了警惕。然後再假裝要走，再次摔倒，直到這時候王常友才亮出其實本就損壞的義肢。

司機一看，完蛋，認栽。

這時候就要學會看車要價，一兩百，四五百，七八百，要是遇上個穿一身好牌子又慌慌張張的菜鳥，能要到一千。

王常友的日子雖不富裕，但好在過得輕鬆，生意好的時候也能抽上一包十九塊的黃鶴樓，喝上一壺精裝二鍋頭。

這樣的好日子，王常友今天不過了。殺人去。

王常友想殺人很久了，他只是一直想不好殺完了人該怎麼辦，以及到底要殺誰。從很多年前見到自己的整條左腿被橫擺在面前的那一天開始，王常友在這世上就成了一個徹底的局外人。他一早就知道，也慢慢接受了這個事實——這世界沒有他也一樣歌舞昇平，沒有他也一樣殘忍無情，他王常友已經影響不了這世界的一分一毫。如今就連殺人，似乎也找不到一個合適的縫隙下刀，殺不進這被一道透明結界嚴絲合縫地遮罩起來的世界。

那就隨便殺吧，總之是要殺一個。

按城裡人的話說，王常友屬於「移動辦公」，沒事的時候就到處轉悠。殺人地點他已經盤算了很久：一處偏僻的橋洞，二三十公尺的長度，沒有燈，沒有監控。

下午的陽光斜斜地把橋洞兩端劃出了兩道黑白分明的界限，好像邁出一步，就要從日光踏入深淵。王常友猥瑣地蹲在暗處，絲毫沒有殺手的氣質，活脫脫像個乞丐，要討一條命。

等，是王常友擅長的事情。他享受這樣的感覺——不過是一次簡單的相逢，對方的生活就因此發生改變。雖然這改變大多時候也就是幾百塊的事情，但這種對他人命運的主宰、這種自己去選擇的感覺、這種自己有選擇的感覺，讓他上癮。

一根菸抽完，撩起褲腿，把義肢和鞋子縫隙裡的菸灰吹乾淨，就好像平時一樣。也不知道會是哪個瓜娃子今天選擇了這條死路，王常友暗暗想著。可惜直到天光散盡，橋洞以外的世界也被劃入黑暗，菸抽完了，火腿腸也吃完了，王常友還是沒等來他要殺的人。

或許是他選的這個地方太偏了，幾個小時裡只有一輛汽車從這裡疾馳而過，車速太快了，像王常友這樣的「專業人士」也來不及反應，甚至都沒看清楚是哪個品牌。其實就算反應過來了也無濟於事，人在車裡，在鋼筋鐵皮之中，憑王常友一把削萵筍的菜刀，憑王常友一雙殘了一半的腿，刺不穿，追不到，殺不成。

熱鬧的地方人多，但王常友不敢去，因為跑不掉。那些地方都是紅塵，他覺得自己殺不了紅塵，反而紅塵會殺了他。

不行，王常友心想，如果再遇上一輛車，還需要把人從車裡搞出來，才好殺。

再一想，這事情簡單啊，本行！

沒了菸，等待也焦躁起來，又過去一個多小時才遠遠地看見一輛車過來，王常友終於打起了精神，右手摸著腰間的刀柄，像在盤玩著一塊木頭。

車雖尚遠，但這車燈一看就知道是鄉下最常見的小麵包車，鏽掉的鐵皮「哐啷哐啷」地響著，昭示著車主多半不是一個有錢人。好在王常友最終的目的也不是碰瓷，有錢沒錢也不在意了。或許沒錢還更好一點，沒錢就沒那麼重要。

入夜以後，人在暗處，車卻在明處。

這樣的情況下，碰瓷是個技術活，因為司機的視野並不開闊，車速也快，一不留神就容易真的把自己撞死。王常友是有打算去死，但畢竟壯志未酬，至少也是「弱志未酬」，身還得留著。

菜刀挪到了腰前，刀面橫向前方來反射燈光，算是警示，同時需要在車子離自己尚有一段距離的時候提前發出尖銳的哀號，給足司機煞車的空間。

其實還有一個疑問：萬一這車裡不止一個人怎麼辦？但王常友殺心沸騰，也管不了那麼多了。

沉默的夜晚，這世上一定有誰並不知道自己的死期將至，但這人到底是誰？

車進橋洞，王常友從麵包車的右前方斜殺出來，一邊哀號著一邊隨時準備隱蔽地躲閃。但那車就好像看不到他一般，遲疑了幾個瞬間才做出反應，煞車踩晚了，急轉方向，一頭扎向了橋洞一側的牆壁。王常友被扎實地撞飛了幾公尺遠，身體的疼痛讓腎上腺素噴湧而出，全身的血液都湧上頭來，滿臉通紅。

正欲起身拔刀，忽然間胯下一空，腎上腺素驟然退潮。面朝泥濘，王常友意識到，自己唯一一條完好的義肢，斷了。

「喂！大哥！」

一個女人的聲音傳來，是那種驚慌的、足以讓王常友訛掉全部現金的聲音。那聲音並不年輕，有些沉悶，緩緩地移動著，從腳步聲聽起來，只有她一個人。

「大哥！發個聲音撒！」王常友感到一根竹竿一樣的東西在戳自己的屁股。

他繼續沉默著，此刻唯有裝死，等獵物自己靠近。如果這個女人就這麼走掉，他王常友憑著一條單腿殺不了任何人，除了自己。

一頭無腿的獵豹靜臥在地，等最後的機會。一切聲音都消失了，只剩撞上牆的那輛車還發出笨重的喘息，以及那根竹竿一樣的東西依然在時不時戳著王常友的身體。也不知過了多久，王常友身邊的空氣熱了起來，一雙手搭上了他的左臂，這一瞬間幾乎讓王常友全身過電，那手的力量輕柔而堅定，像一個……像一個女人。

王常友的身體被翻了過來，他用盡力氣做著最緩慢的呼吸，緊閉著雙眼，不留一絲餘光。

王常友知道這個女人大概正在端詳著他，大概也發現了他的義肢，她會怎麼看待這樣一個好像將死未死的自己？如果她近身過來，又該用怎樣的力道和姿勢，把刀插進她的側頸？

王常友的大腦飛速運轉，一陣暖意緩緩靠近，她來了。

那女人把耳朵靠在了王常友的胸膛之上，劇烈跳動的心臟遲早無法遮掩，王常友閉著雙眼也明白，她的脖頸就在眼前，要殺，便是現在。

可他動不了，本該湧向右手的血液，湧向了別的地方。

在時間的縫隙裡，王常友聞到了一股氣息，一股熟悉又已經陌生的氣息。那氣息混雜著汗液、謹慎與恐懼，重要的是，這氣息來自一個女人。汗液、謹慎、恐懼，都沾染著女人的味道。一縷頭髮輕掃過他的鼻尖，是久違的觸感。

王常友已經十年沒碰過女人，這一刻，是他十年來第一次離一個女人這麼近。應該在這個瞬間殺死她，但他沒有，他要把這個瞬間用來享受。他的身體告訴他，哪怕只是一瞬，再多一瞬，也好。

閉著眼，王常友意識到，自己的下身有了反應。

他上一次因為一個女人硬起來是什麼時候？那個本該收了錢為他服務的村婦臉上露出隱藏不住的笑容。那笑容足夠複雜，複雜到難以辨認真假；含義又足夠簡單，簡單到只是一個笑容便讓他軟了下去。

那一刻的羞愧與憤怒烙印在王常友的心裡，從此再也沒找過女人。

這些暴戾的情緒深埋多年，王常友睜開雙眼，全身殘存的肌肉猛然發力，左手一撐，右手拔出菜刀，騰閃出空間就要揮下。那女人驚呼一聲，彈起身來轉過了頭。王常友高舉右手，緊握菜刀，幻想過一遍又一遍的場景就在眼前，他幾乎已經看見了一個等待被刀鋒割裂的脖頸，那一刀幾乎已經要觸碰到她溫軟的肉體，距離脆弱的大動脈不過幾寸的距離，只要再進去一點，一劃，血流噴薄，就可一了夙願。

一聲尖叫。

王常友發出了一聲刺破夜空的、充滿恐懼的尖叫。

他全身的力量從手臂迴流到腰腹，瞬間把自己的身體向後彈出了一公尺遠。刀也掉落在地，冷汗如雨，看著這個女人的臉，王常友驚惶無措。

魔鬼，這是一張魔鬼的臉。

那女人的臉上布滿了凹凸的溝壑，皮肉模糊，右眼被一團肉泥填塞，鼻子與嘴巴的邊界也模糊不清，只有左眼還轉動著——彷彿這一整張臉全部都壞死了，唯有這一隻眼球是活著的，這隻眼球正在驚恐地看著王常友。

「賠……賠錢！」王常友幾乎是基於本能地、顫抖地開了口。

下一秒，他高高地拉起了自己的褲管，露出了摔壞的義肢。這是一套完整的動作，但王常友忽然意識到，在這樣的一張臉面前，自己的義肢顯然已經喪失了原本的功效。

「賠錢？賠個卵！」

那女人的聲音和姿態全然不似剛才把手搭在王常友肩膀上的溫柔，忽然野蠻起來。她撐著一把破舊的長柄雨傘，舉起雨傘指著遠處撞在牆上的麵包車，車的備份廂也彈開了，散落了一地彩色的條形盒子。

王常友仔細一看，全是整條的菸，有些被碾爛了，有些泡在路邊的汙水裡。雨傘的傘頭被那女人轉了過來，指向王常友。

「你，咋說？我賠你？賠你個卵！你賠我！」

那女人的臉本就猙獰，盛怒之下更顯恐怖。王常友碰瓷多年，叫別人賠錢輕車熟路，這一刻角色調轉了過來，忽然語塞，惱羞成怒。

「看到沒有！老子的腿！賠你媽的個腳！」

王常友終於也在窘境中爆發出了人的怒火，他拆下斷掉的義肢舉了起來，一隻破舊的鞋還穿在那義肢的末端，和那女人的雨傘針鋒相對。

「你瘸個腿了不起？你還想砍我？你砍撒！砍撒！」

那女人把落在地上的菜刀踢到了一邊，舉著雨傘不斷地猛戳王常友的胸口。王常友本就瘦弱，肋骨陣陣刺痛，想反擊卻又無法起身，胡亂地躲閃著。那女人的個子本來不高，只因為王常友躺倒在地上毫無招架之力，讓她顯得勇壯無比，像個主宰者。

王常友狼狽地退避著，手裡唯一的武器還是自己那隻毫無殺傷力的假腿。這一份窩囊好似他半生的寫照，讓他本就模糊的思緒被擠壓到了最細小而黑暗的空間裡。他放下義肢，任憑其翻滾到一旁，撿起地上的菜刀，沒有一絲的思考與猶豫，便要往自己的喉頭插去。

「算球！」

王常友在心裡吶喊著。

「咔」，一把傘擋在了王常友的肩頸之間，那傘往上一挑，王常友的菜刀脫手飛出。殺人殺了半天殺成了這副狗樣子，最後連自己都殺不了，王常友終於失了魂一般地躺倒在地，放棄了一切的掙扎。

那女人顯然也很意外，她的嘴巴和鼻子已經幾乎黏連在一起，能張開的縫隙並不大，那道縫隙裡傳來粗重的喘息聲，她呆呆地看著王常友。

王常友爬向牆邊，靠著牆面坐了下來，把左腿空空的褲管捲在腰間，疲倦地看著眼前的女人。這時他才發現，那女人的頭髮歪了，那是一頂假髮，假髮之下頭頂的皮膚和她的臉一樣泥濘，讓人不寒而慄。原來，剛才撩撥自己鼻尖的那一縷頭髮，是假的。

那女人似乎也耗盡了精力，退後幾步，拉開麵包車的車門，坐在了車階上。從地上撿起一包散開的菸，抽出一根來，小心地插進臉上不大的縫隙裡，摸出個打火機來點上。含著菸，她抬起自己僅存的一隻眼睛看著王常友，她知道自己這詭異的樣子在王常友的眼裡就像個怪物，卻也只是笑了笑，不在意了。

當然，王常友看不出來她笑了，她的臉根本就動不了。

「喂！婆娘，駕照拿出來看一下！」平靜了一陣子，王常友回到了自己的軌道上。

王常友心想，你一個獨眼怪怎麼可能有駕照？果然，那女人只是看著他，一言不發。那根菸還在臉上的縫隙裡緩緩燃燒著，像一炷香。

「我跟你好生說，問你有沒得駕照？！」王常友自覺占理，咄咄逼人。

那女人一直沉默，王常友知道這是自己的機會，悄悄摸出手機發送了一條訊息。這條訊息是發給交警的，但並不是什麼報警平臺，而是發給了一個交警的私人手機。

「有種你不要走！」王常友憤憤地說。

王常友之所以報警，並非要尋求公正，恰好相反，大概是想尋求不公。

因為今天執勤的交警，他認識。

在王常友的碰瓷生涯裡，也偶爾會遇上固執的人。這種人軟硬不吃、油鹽不進，一定要叫交警，一定要看監控。王常友也不怕，因為在交警隊裡有人，金老二。

金老二的宿舍在王常友住所的街對面，每天早上金老二都告訴王常友自己是否值班；王常友則褲腿一撩，金老二一看義肢的好壞便知道王常友今日是否開張。王常友和金老二的合作很簡單，金老二要做的事情就是只給司機看王常友走上馬路之後的監控，一切有理有據。至於隱藏在路邊草叢裡等待的部分，及時刪掉。王常友定期給金老二一些「分紅」，大家就這樣彼此心照不宣，各自方便。

金老二認識王常友很多年了，背地裡依然叫他「王老瓷」。王常友於他來說，或許只是可憐他殘了，順手當個好人，有點菸抽，有點酒喝。實在覺得苦悶的時候，想想自己還在「助殘」，也覺得良心可安。可對於王常友來說，到了這樣一個詭異的夜晚，想起金老二，他感到一絲久違的安全。

如果起初還有些模糊，現在他是真的確定了，金老二不能殺。

金老二的摩托車從遠處駛來，那女人的左眼警覺起來，看向王常友。王常友趕緊閃開了自己的眼神，因為他感到自己比對方多一隻眼，因此更容易被看穿。

「哎喲！搞啥子搞！你們這個屬於事故了哈！來說一下情況，我來定還是你們私了？」

金老二從遠處的黑暗裡走來，近身看見坐在地上的王常友，側過身來向他眨了下眼睛。誰知一轉身和那女人正面相對，金老二的臉色變了，整個人都散發出反常的氣息。王常友暗暗發笑，心想，終於也輪到你被這樣的一張臉給嚇到了。

「菲……菲菲？」金老二看著那女人愣了幾秒，嘴裡蹦出這麼一個名字。

那女人似乎叫做「菲菲」，她的左眼在發現這個交警是金老二之後閃過一絲意外的神色，隨即又迅速恢復了平靜。

「哦，是你啊。」她說。

王常友對於這樣的情況毫無準備，張大了嘴巴，卻說不出一句話。菲菲終於站了起來，向金老二指了指撞到牆邊的車和散落在地上的菸，又扔給他一支。

「情況就是這個情況，不是我的問題，這個哈批（方言，傻瓜、笨蛋）自己找死，搞成這樣。」

她又拿腳撥弄過來那把王常友的菜刀，金屬在地面劃過，發出刺耳的噪音。

「看到沒有，他的刀，他還想砍我，你——」

她忽然發現金老二正一臉愁容地望著王常友，王常友也驚訝地望著他們。

「你們兩個，認得到？」

金老二也不回答，叼著菸屁股坐在路邊，點起來深深吸上一口，隨即長嘆了一口氣。

「不要說話，讓我想一下。」

王常友和菲菲對視了一眼，都搞不清對方和金老二的底細，又不約而同地望向金老二，希望他能說些什麼。

「那個……介紹一下，這個是老王，這個是菲菲，都是朋友……都是熟人哈。」金老二的聲音變小了，語氣倒還是一股子江湖味兒。

王常友心裡納悶兒，菲菲這副模樣，和金老二肯定不是男女朋友關係，但自己與金老二也算熟悉，怎麼就不知道他的生活裡還有這麼一個怪物？

「既然都是熟人，我就直說了。今天這個事情必須私了，沒有餘地。」金老二似乎是理清了思路，算是有了些主事人的樣子。見王常友和菲菲想要說些什麼，舉起手指，示意他們閉嘴。

「不要鬧，不要跟我翹勾子，你們兩個我都曉得，都上不到檯面。這件事情聽我的，就這樣算了。」

金老二大手一揮，頗有些領導風範，這是他跟他們隊長學的。

「算了？算個卵！」

菲菲忽然起身，猙獰的臉上布滿了紅色的血絲，顯然情緒已經到達了極限。

「金達超，老子忍不到你！八年了，老子都入墳八年了！給了你多少錢？給了碗碗多少錢？最後在你這裡就是個『熟人』？還『上不到檯面』？你曉得我這一車菸要賠多少錢不？我還以為你好歹幫到我一點，結果你就一句『算了』。你個哈批！你個賭棍！」

菲菲的聲音越來越大，越來越尖銳，在橋洞裡迴響著。王常友不明白這突如其來的怒意源自何處，但顯然已經積攢了很久。

「這個哈批要砍我！砍我！砍我！我反應慢點你就直接來給我收屍了曉得不！這回是真的收屍了曉得不！我明確跟你說，我不認栽的，我這些菸，我的車，這個瘸哈批不給我賠錢修好了，我不……」

「說啥子你！」王常友一聽到「瘸哈批」三個字，單腿發力，從地上跳起來一把撲倒了菲菲，兩個人扭打在地上，身上滾滿了汙水和泥土。

「不聽話是不是？！」在一旁的金老二火氣上頭，抽出棍子來一頓抽打，他想打王常友，卻也不知到底打到誰更多一些，總之王常友和菲菲終於分開，各自蜷縮回牆邊的角落。

「聽著！」金老二一聲怒吼，顯然他的耐心也所剩無幾。

「你！」他指著菲菲。

「你一天天的翻些舊帳有啥子意思？你的貨搞成這個樣子跟老子有一毛錢關係？我現在是以交警的身分在跟你說話，還說我不幫你？你個批婆娘連個駕照都沒得，在這裡跟我發啥子功？」

「還有他！你看他這個批樣子。」金老二指向王常友。

「他就是個碰瓷的，專業的！他有多少錢我曉得，賠不起你！到時候他轉手告你無證駕駛把他撞了，他個批人每天批事情不幹，你耗得過他？」

「老王，還有你，我說你碰點錢就碰點錢，這個刀是啥子意思？」

金老二撿起地上的刀，在王常友面前晃了晃。

「老子是交警，不是刑警，你還想業務更新搞搶劫？我問你，你啥子意思？」

王常友看著自己的這把刀，思緒又迷糊起來。

「沒啥子意思，就是想隨便殺個人。」

「隨便殺個人？等於是老子倒楣？我先把你殺了！」菲菲從一旁竄出，一把奪過了金老二手裡的刀，向王常友撲了過去。

「任易菲！」

金老二的吼聲已然來不及，菲菲已經撲倒了王常友，可一把刀就此懸在空中，停住了。

她看見，王常友哭了。

金老二喊出的名字，開啟了王常友心裡的一把鎖，眼前這張魔鬼般的臉在他的腦海裡逐漸熟悉起來，一種情緒如海嘯般從心底湧出，不到一秒的時間裡，竟泛出了眼淚。

「任易菲？容易的易，王菲的菲？」王常友小聲問道。

任易菲也愣住了，她已經很多年沒有這麼說出過自己的名字。每當她不小心看到鏡中的自己，都覺得這是別人，是另一個被自己的意識不小心附著上去的、沒有名字的怪物。王常友的問題擊碎了時間的圍牆，讓她思考著眼前這個蓬頭垢面的男人到底是誰。他的眼睛被淚水浸潤之後，露出了一種讓任易菲隱約感到熟悉的光澤。

「你記得我不？我是王常友。」

黑暗寂靜的空間裡，兩個人的回憶碰撞在一起，在另一個時空發出了巨大的聲響。

任易菲猛然抽回了雙手，捂住了自己的臉。

相逢何以不相識？早已塵滿面，早已鬢如霜。

「你咋成這個樣子了！你咋成這個樣子了！」

王常友忽然間放聲大喊，涕泗滿面。金老二一直以為他是個沒皮沒臉的痞子，從未想過他也會有如此裂人心肺的哭聲。

任易菲全身上下都顫抖著，她捂著臉，抬起頭，似乎在盡力地克制自己。

「你不要喊，我不想哭！不要喊了！」任易菲的聲音好像在哀求什麼，卻又不知在求誰。

終於，任易菲的左眼流出了眼淚，被一團肉泥堵塞的右眼漸漸紅腫，從喉嚨深處發出了疼痛的哀號。

金老二認識這兩個人的時間都不短，對於他們之間如此濃烈的情感到底從哪裡來，卻絲毫不知。

2008年5月15日，震後第三天，川北某縣。

一個男人被人從坍塌的磚瓦中救起，埋了三天，幾乎失去了生還的可能。

他被送去了一家由重慶趕來的醫療隊支持的醫院，丟了一條腿，撿回一條命。但除他自己之外，父母妻兒無一倖存。

從手術臺上醒來後，他告訴照顧自己的護士，自己叫王常友，是個客車司機。

那護士叫任易菲，時年二十六歲，隨隊援川。從王常友醒來後就一直陪在他身邊。入夜，病房裡的嗚咽聲混雜著呼嚕聲，像是垂死的巨人在嘆息。王常友每次從噩夢裡掙扎逃出時，每一次因為身旁細小的動靜而震顫發抖時，一身的冷汗與窒息感幾乎要吞沒他。

有時遇上餘震，王常友會本能地逃跑，這才發現自己沒有了左腿，摔在地上，尚未癒合的傷口撕心裂肺地疼痛起來。

每到這樣的時候，任易菲就會遞給他一條冰涼的毛巾。

「王哥，沒事哈！」

發生了這麼多事，怎麼可能沒事？但奇怪的是，這樣的一句話，卻可以讓王常友平靜下來。

王常友永遠都感激任易菲這個女人，沒有任何男女之事的原因，甚至並不因為她是一個女人，只因為任易菲這個人是他在那時逃離回憶的稻草。他緊緊地抓著她的聲音、她的面龐，才能呼吸這世上殘存的空氣，以免於被吞噬。

到了今天，王常友對於任易菲的記憶已經非常有限，每一次回憶時都比上一次少了一些，像退潮的海。此刻，那回憶被一股巨力牽引，捲土重來。

出院時，任易菲悄悄遞給王常友一個包，讓他回家再開啟。而王常友已經沒有家了，這包裡的東西，就是他最後的家——他的左腿。

在當時這本該是被當作醫療廢品處理掉的，任易菲悄悄把它偷了出來，還給了王常友。

臨走前恰逢有公司到醫院做慈善，王常友趕上了好時候，白得了一支義肢。王常友後來裝戴著那支義肢回到老縣城，在山邊挖了個坑，把家人的骨灰和自己的左腿都埋了進去。其時已經是秋天，山風蕭瑟，拂過千里孤墳。

他告訴自己，如果有一天要死了，就回來，死在這裡。

縣裡問王常友要錢還是要房，王常友那時每晚都做噩夢，不願留下，要了點錢，離開了老家。腿沒了，車也沒法再開，漂了幾年，錢也花完了，受盡了白眼，王常友又回到四川。誰知剛入省到了忘縣就被車撞了，義肢壞了。王常友獅子大開口，要了對方五百塊。本想花錢修修這義肢，過了幾天卻收到了一支新的，這支新的義肢讓他留在了忘縣。

送義肢給他的是當時為他處理事故的交警，叫金達超，家中行二，都叫他金老二。

金老二欠一個養雞場老闆的錢，把王常友介紹過去看門，管吃管住，不給薪資。王常友倒也爭氣，幹得不錯，從看門的幹到了看貨的，還把自己所剩不多的錢全買了雞苗養在廠裡，打算就此扎根。誰知沒多久就鬧了雞瘟，一廠子的活雞都給活埋了，老闆也跑路了。

王常友也不知道自己到底是不夠堅強還是過於脆弱，總之是難再承受，喝了一夜酒之後，腦子就偶爾糊塗起來。

他一直住在養雞場外街邊的臨建房裡，起初還躲躲閃閃，後來發現這裡既沒人收租，也沒人理睬，自己全然是這個世界的局外人。

一天，他擺弄起那支被撞壞的義肢，想起來那五百塊錢，腦子裡閃過了一條生財之道。

自然而然地，金老二成了配合他的那個人。

橋洞裡，三個人各自坐在距離不遠的地上，形成一個三角形，像是為今晚這荒謬的相逢而舉行的某種儀式。

「我一開始也覺得你眼熟，就是沒想到你會跑到忘縣來。」任易菲的右眼依然紅腫，但情緒已經平復，也不再遮住自己的臉，左眼看著王常友。

「你沒事吧？」王常友小聲地問道。

「沒事，就是淚腺堵了，一哭就痛。」任易菲平靜地說。

金老二一邊撓頭，一邊消化著眼前兩個人這一段匪夷所思的關係。

王常友的眼睛一直沒有離開過任易菲的臉，總是欲言又止的樣子，每次話到嘴邊，又嚥了回去。

「你……你……你這個……」

王常友不敢把話說完，指了指自己的臉。

「老王，不問了，改天我跟你說。」金老二見任易菲低著頭沉默不語，幫忙打圓場。

「沒啥子不能說的，又不是不說就不存在了。」任易菲依然低著頭，輕聲說道。

那個和王常友扭打廝殺的潑婦好像忽然消失了。除了這一張臉，眼前的任易菲似乎還是當年那個白衣飄飄的女孩，總說自己胖，笑起來看不見酒窩。

「其實，就是有一次，鬧矛盾嘛，你曉得的。」任易菲大概是想通了什麼，覺得也不必遮掩，聲音也大了起來。

「我那天去醫院上班也沒覺得有啥子不對，結果那個人拿了一瓶水就潑下來了。」

金老二顯然是知道這一段故事的，卻依然咬緊了牙關，眼睛也紅了，彷彿每多聽一次這個故事，便是多一次的折磨。

「開始沒覺得有啥子，就是眼睛痛得很，然後就發現衣服也燒爛了，聞到一股焦味兒。」

「然後，就這樣了。」任易菲輕輕摸著自己的臉，好像在確認，真的不在了，連同那個並不存在的酒窩一起，都不在了。

「你……你不是還受表揚了？領導接見你，上了電視！發了獎章的！」王常友仰望著漆黑的橋洞頂，像在仰望星空，細細回憶著那些被自己鎖起來的日子。

「對啊。」任易菲隨著王常友的眼神望去，也是一片漆黑。

王常友等了幾秒，好像在等任易菲多說幾句，說說她為什麼明明當時是個英雄，上了電視、受了表揚、領了獎章，最後還變成了這樣。但任易菲的話已經說完了，一個多餘的字都沒有。

於是王常友終於意識到，當時成了別人的天使，和此時被予以惡魔的臉龐，它們之間並沒有什麼連繫。

「媽了個批，賠錢哦！」王常友忽地燃起一股怒火。金老二斜了他一眼，心想都到了這種時候，你王常友的第一反應還是賠錢。

「錢麼也賠了點，人麼也判刑了。本來說判無期，後來人家可能去找了人，我也不懂法，說我有隻眼睛還是好的，就不判那麼重。人麼，應該還要再關幾年，錢麼，早就用完了。」

說到錢，金老二又側過臉去，避開了任易菲正好看過來的眼神。

如果任易菲還能擁有表情，此刻應該是落寞的。但她如今的臉，落寞時，依然猙獰著。

「你屋頭還有人不？」王常友冷不丁地問出這麼一句。

任易菲發出了一聲沉悶的笑聲，抬頭看著王常友。雖然沒有表情，但從聲音聽起來，她被王常友給逗樂了。王常友當年住院的時候和其他從災區被救出來的人聊天，往往就用這一句開場——「你屋頭還有人不？」以至於到了今天，王常友對於一個不幸的人能給予的最大的關切，依然停留在這一句話。這一句王常友自己很在意的，世上最簡單也最殘忍的問話。

「你個哈批，有人！我！」金老二忽然開口了。

「哦對了，金達超是我……我和金達超有個娃娃，叫碗碗。」任易菲說。

「碗碗當時還小，看了我一眼就哭了，我也曉得我這副樣子在家裡面就是一尊瘟神，以後娃娃讀書了，帶娃娃去學校……娃娃要吃虧的，沒法搞。我爸媽死得早，沒啥子牽掛，乾脆就叫金達超跟我娃娃說我也死了。我這個情況在醫院裡面也幹不成了，就出來找活路，也不回家了，賺了錢就給屋頭打回去。」

任易菲的語氣毫無起伏，好像這不是她的故事，是報紙上看來的，講完了被風給吹走，從來都不重要，從來無人在意。

「本來嘛，是真的想死了。但是金達超這個人喜歡……反正存不住錢。碗碗一個男娃娃，以後還要娶老婆的，我不放心。」

其實任易菲剛剛已經很大聲地說過金老二是個賭棍，王常友也聽見了。但此刻的任易菲似乎並不是剛才那個人，還在很委婉地，彷彿在照顧金老二的面子一樣，輕輕地講述這件事。

恍惚之間，王常友覺得這個女人的身體裡住著兩個完全不同的人。

「我……我就是偶爾買點樂透。」金老二不好意思地說起來，像個抄作業被抓到的孩子。

「買樂透？你那個叫買樂透？你去的那個地方是私營的，曉得不？那就是賭博。」任易菲的聲音依然平靜，但即便遲鈍如王常友也可以想見，這聲音曾經是激烈的，曾經讓一個女人感到痛苦和絕望。

「王常友，你曉得他搞賭不？你不賭嗎？」任易菲忽然問道。

王常友沒有回答她，身邊的金老二低下頭，擺弄起制服的衣角。

「不要賭，幹啥子都不要賭，出不來的。」

王常友心想，如果金老二不賭，說不定任易菲已經死了。這樣來說，還是該賭。

「他在忘縣這邊當交警，碗碗在老家的奶奶那兒……」

「我嘛，重慶、忘縣兩邊跑，不露面，就開車拉點菸……」

任易菲還在兀自說話，像是在對王常友這個久別重逢的朋友交代自己的生活。而另一邊的王常友似乎聽見了，又似乎沒聽見。王常友還在思考，還沒有想明白。

「王常友，你咋回事？現在咋動不動就喊殺人呢？」

任易菲靠了過來，把手搭在了王常友的肩上。

「沒發生啥子事情，我就是……一直想殺個人。」

王常友的語氣變得古怪起來，像個執拗的老人。

王常友想殺人，猛烈地想殺人，他也不知道為什麼。

但他也尚存些許的理性，他知道殺人要償命，不償命也得亡命天涯，他這一條僅有的腿肯定是沒法亡命天涯了，還想活著，還想踏實地睡著，就先不殺了。所以他今天並不是因為決定要殺人了才走出了這一步，而是他先決定了要去死。至於為什麼要去死，他也說不清楚，沒什麼特別的理由，或許只能歸於那句老話：「活夠了。」

如果有人問王常友，是不是因為受了什麼刺激？王常友會搖頭說，沒事，今天、昨天、前天，都挺好的。但他確實是受了刺激，只是不在今天、不在昨天，也不在前天。

「王常友，你記得你那時候住院，還有個心理專家來找你擺龍門陣不？」任易菲的聲音越發溫柔起來，好像又回到了那年的夏天，她還是那個在照顧著王常友的護士。

「記得，擺龍門陣的那個老哥嘛，記得。」王常友忽然笑了起來，好像和他很熟悉。

「他當時跟我說，如果我以後有啥子想不開的事情，有啥子想打人、想打牆的時候，就找他。」

「然後呢？你找他沒有呢？」

「嘿嘿，早就找不到了。」

王常友說這話的時候絲毫沒有怨氣，因為他知道，自己想殺人也就是近幾年的事情，人家一個素不相識的人，早已沒什麼理由為自己負責。

王常友不過初中文化，如果直接把 **PTSD**（創傷後壓力症候群）這四個字母擺在他面前，他恐怕一輩子都想不到自己會和這些字母產生關係。這可是外國話，太高級了，至少也要讀個大專才能沾上邊。

王常友雖成了個無賴，但他相信真理，相信餓了要吃飯、渴了要喝水，相信一擋起步換二擋加速，相信爆胎了車子會亂擺。可他不相信一件事情可以在平息很多年後再次把一個人摧毀，不相信一個人可以悄悄地就徹底變成了另一個人。

到底從什麼時候開始的？是從沒了左腿的時候，還是從在村婦面前陽痿的時候，還是從看到自己的一切都隨著雞叫被活埋的時候？

這些問題都太難了，王常友答不了，任易菲答不了，金老二也答不了。和王常友一樣，任易菲也有自己的問題，金老二也有自己的問題，一次次問自己，一次次與自己沉默相對。而這世上或許真有能解答的人，或許也上了電視，或許也領了獎章，或許也掙扎在人海。

車燈忽然熄滅，橋洞徹底陷入了黑暗。

遙遠的城邦霓虹閃爍，照不亮這黑暗。千萬里之外的大陸上，人力無法撲滅的山火還在熊熊燃燒著，要燒燬人類與土地簽訂的舊契約，它也照不亮這黑暗。無邊寰宇之中，恆星的新生與死亡都綻放出無限光華，依然照不亮這黑暗。

王常友摸出打火機，「咔」，亮了。

他想起來很多年前給剛滿四歲的兒子過生日，兒子問他：「爸爸，為什麼一定要把火給吹滅，才算許願？」

新的春天就在眼前，雲在山野間死成了雨，雨又活成了雲。

但有些花已經徹底凋謝，不會再開。

舊的傷口已經結痂，堅不可摧。新的刀鋒閃耀著光芒，破風而來。

次日清晨，早餐鋪子裡。王常友放下見底的麵碗，又從金老二的碗裡挑出一根肉絲放進嘴裡嚼了起來，津津有味地看著電視。

電視上播送著另一場災難，醫生和護士奔走在狹小的螢幕裡。

「任易菲，你要是……你要是還在上班，你去不去？」

「去個錘子去，你沒聽到嗎？醫生、護士都有死的了，菲菲同意我都不同意。」

「老子要你同意？你打你的牌！」

「打錘子，沒電了。喂！老闆你搞啥子？我們正在看！你換啥子臺？」

「媽喲！剛才是哪個臺？」

「忘了。」

詩的證言

生活從什麼時候開始變得乏味了？洪童喝上兩杯酒時，會如此問自己。說起來並不新鮮，仔細算算，分界線大概就是退休。退休不久兒子也終於結婚，把洪童「扔下」，和老婆搬去了新家。這事乍聽之下不太合情，仔細想想倒也合理，不然小兩口和一個退休老頭兒同住，對兒媳來說總歸是不方便。洪童是個信老理兒的人，按老理兒說，如果兒子不在場，他甚至都不該和兒媳單獨說話，所以對於兒子搬家他並沒有什麼意見。況且兒子也並非完全不顧及他，新家不過在兩條街之外，在北京這廣袤的地盤上完全可算作是鄰居。

兒子叫洪軍，名字是洪童取的。「哎喲，您爺兒倆這名字有意思，是不是『童子軍』？」每當有人這麼問，洪童就得意地笑起來。但洪軍對這個只能供爸爸自我陶醉的

名字一直不滿意，確實是過於普通了。洪軍小時候還算乖巧，長大了越發開始有自己的主意，洪童的妻子病逝後再無人調停，父子關係的外殼一點點碎裂。

這幾年，洪童常會一個人盯著螢幕上的撲克牌發呆，一分一秒地看著自己的牌進入託管狀態。好像生活也是這樣，反正好牌早已在前半生都打了出去——也沒打出什麼響聲來。如今剩下一把三四五六七，自己打或者託管已經沒什麼區別，就這麼從大到小地往外出吧，直到手裡空空如也。

也在親朋的慫恿下去相過親，但這把年紀的選擇已經非常有限。每每說起亡妻洪童總是兩眼放光，對方一看就明白了，有的不再聯繫，有的便世俗起來貪圖車子、房子，總之是不合適的。

獨居本就容易把自己暴露在寂寞裡，何況還是一個剛剛結束社會征途的、如此年紀的男人。洪童開始酗酒，後來被兒子和兒媳發現了藏在陽臺紙箱裡的成山的酒瓶，於是把家裡的酒全部沒收。怎麼辦呢？洪軍也想過搬回家住，但每次動念後只要和洪童吃一次飯，這念頭就被擊碎了。

洪軍和老婆在家裡商量，找點事情給他做吧，或許會好一些。

這事情說起來簡單，辦起來困難，打聽盤算了一個月才找到一件合適的事。其間四處託人介紹關係，請了七八頓飯，送了些不便宜的禮物，終於讓洪童接到了電話，被「請」去做一份「重要」的工作。「勞您費心，我爸這人太驕傲。」洪軍如此說。果然，就算擺足了姿態也還是「請」了三次才把洪童給「請」出了山。起初洪童非常勉強的樣子，天天嚷嚷著這事情沒意思不想幹，半年後才終於適應，一年後已經是一副盡忠職守的姿態。一晃眼五年過去，兒子家裡已經添了個孫女，洪童卻放話說：「你們自己帶，我要上班。」

這天，洪童下班的路上看見黃葉已在風中飛舞，透亮的橙色天空下，遠處的西山熠熠生輝。這情景去年秋天並沒有出現，或者並沒有被他看見，算是生活裡的一點點苟且的新鮮。他想起杜牧的詩：「南山與秋色，氣勢兩相高。」調轉腳踏車的車頭，他又回到了辦公室。

在辦公室的門口，洪童遇見了一個老頭兒，正探頭探腦地往屋裡望著。

如果人對一張臉的熟悉程度可以打分，這張臉能打59分——將熟不熟，差一點就能及格，差一點就能想起它的主人究竟是誰。

一邊開門，洪童一邊狐疑地看著這個老頭兒。

「你這裡可是《走進平房》編輯部？」老頭兒小聲問。他的口音洪童還有些熟悉，卻也一下子想不起來源自何處，總之不是北京本地人。

老頭兒看起來比洪童大一些，少說也有七十歲。矮小、精瘦，暗沉的皮膚上插著灰白的鬚髮，與皺紋一起交織在顱頂，看起來並不曾被生活優待過。他謹慎的笑容裡散發出善意，手裡捏著一份報紙。洪童一眼便認出了頭版上鄉領導視察工作的照片，正是上個月底印發的那期《走進平房》。

「是，您找哪位？」洪童仍在腦中搜尋著。

「找洪童編輯，你可認得？」

「我就是洪童……您是？」聽見自己的名字，洪童有些吃驚。

「我叫魯大，我是你們的讀者。」那老頭兒咧嘴露出一排又黃又亂的牙齒，這牙齒為洪童作了弊，他終於想起來這人是誰。

《走進平房》，是洪軍為爸爸「安排」的工作。

平房，指平房鄉。這名字並不洋氣，許多人都想不到它竟然隸屬於北京最洋氣的朝陽區。平房鄉面積不大，卻跨越了近幾年聞名全國的「比六環少一環」的五環路，曾經髒、亂、差的城鄉接合部在城市擴張的巨輪下涅槃重生，也修建起高級小區和私立醫院。關於舊日的痕跡所剩無幾——幾塊因為權責不清而依舊荒涼的飛地，和這個從未改變過的「鄉」字。好地皮都讓位給了商業房地產，平房鄉城管大隊的院子地處五環外的偏僻路段，半新不舊的水泥樓二層有一間小屋，是《走進平房》租用的編輯部。

免費發放給居民的社群報《走進平房》是鄉裡搞文化建設的非營利工程，也有人說是面子工程，總之是沒什麼人看的。印數有限，發放也不入戶，擺上一疊放在各個小區的單元樓門口的消防箱上，任各家領取。大部分人對於這樣的報紙都視而不見，也有小部分人視作珍寶——趁無人時一次性就拿個十份二十份，都用來墊在餐桌上。尤其是些上了年紀的人，總習慣吃飯、嗑瓜子時要用報紙墊著。

縱然出現在百家餐桌上，可那角落裡的一行小字：「編輯：洪童」，從未有人注意過。

洪童是老平房鄉人，退休前在市裡給一份國字號大報做編輯。剛退休不久兒子就搬走了，耐不住寂寞的洪童終於答應了鄉裡宣傳部的「邀約」來操持《走進平房》。應了兒子與兒媳的判斷，這種體量的報紙對老編輯洪童來說沒有太大的難度，雙週刊的頻率並不算高，各類車軲轆話文章換一些名詞和日期就能一用再用，招幾個兼職美工的小年輕便能輕鬆應付下來。

洪童始終不知道這份工作竟然是兒子選的，還一直以為是自己國字號大報編輯的美名在外，一退休竟還遭到哄搶。「我爸這歲數也沒什麼多的追求了，您就是得讓他感覺您是真的需要他。」洪軍託人辦事時是這麼說的，事實上也確實如此。「走不了！我走了他們根本不成。」每次有朋友問起洪童還要幹多久，洪童總是一副自己舉足輕重的樣子。其實洪童自己也知道，這報紙是沒人看的，僅有的讀者就是那些被寫在報紙上的鄉領導們。但他感到自己被這份工作需要，他自己也需要這份工作，他需要自己的名字依然在某個不起眼的角落裡存在著。

今天還是第一次遇上個自稱「讀者」的人，讓洪童有些意外。而且洪童想起來這人是誰了，這人和鄉領導也沒什麼關係，是個真正的「野生讀者」——這是兒子小區裡看門的大爺。

原來他叫魯大。

「魯師傅，您看我們這抬頭不見低頭見的，終於算是認識了。」洪童把魯大請進了屋。

「洪編輯，我也說看你有點眼熟噶，有緣分，我可喜歡你們。」魯大一邊握著洪童的手一邊興奮地掃視著，他蒼老的臉上露出了一種顯然並不常見的笑容，皺紋也不適應這表情，被擠得亂七八糟。這種真摯是演不出來的，雖然嚴格意義上來說兩個人只是初次見面，洪童竟還有些感動。

房間不大，老式的木質辦公桌分列於四角，配上看起來還算舒適的老闆椅，一臺積灰無數的三葉風扇懸於屋頂，牆角新開了一個洞，連著一臺空調。

「你報紙是在這點搞的？」魯大指著一臺顯示器問。

洪童拉過一把椅子讓魯大坐下，開啟電腦，又從抽屜裡拿出一包花生遞給魯大。他耐心地解釋起這份報紙的製作流程，說這裡不過是編輯部，下廠印刷又是在另一處地方。魯大興致勃勃地聽著，時不時像個孩子一樣讚嘆兩句。洪童本可以不這麼耐心，尤其是對這樣一位可以用「師傅」去稱呼的人，但他此刻心懷感激，決心好好招待這位讀者。只是聊了半天洪童也沒搞清楚魯大到底是來做什麼的，直到夕陽已經徹底沉了下

去，魯大還是不說，笑嘻嘻地左顧右盼，搓揉著雙手。

「魯師傅，今天過來是有什麼事情嗎？」洪童索性直接發問。

「洪編輯，我喜歡這個欄目。」魯大鋪開手裡皺巴巴的報紙，指著一個角落。

「您說您喜歡詩詞角？」洪童很意外。

「可喜歡！每期都認真看。」魯大說。

這詩詞角只有半個手掌大小，是《走進平房》所有內容裡最不起眼的部分——說到底，不過是為了「湊版面」而存在的空間。版面空得多一些，就放長一點的現代詩；空得少一些，就放一首七言或五言的中國古詩。剛接手時領導還一度想改版取消這欄目，洪童沒同意。他原本對詩並沒有特別的感情，但他認為詩這東西雖然篇幅不長，卻可以讓這份乾癟無味的報紙多出幾滴水潤，這種水潤難以言喻，卻也難以替代，何必刪掉呢？

為了給詩詞角選內容，洪童後來還真成了半個詩詞愛好者，畢竟這是整張報紙裡唯一完全屬於洪童的空間，沒有政治要求，沒有利弊平衡，想放什麼全憑自己的喜惡。就說這一期的詩詞角吧，洪童早想好了要放一首寫秋天的古詩，原本安排了杜牧的《秋夕》——「天階夜色涼如水，坐看牽牛織女星。」剛才和魯大聊天的過程裡又決定改成杜牧的另一首《長安秋望》——「南山與秋色，氣勢兩相高。」

畢竟是自己花了心思的事情，被人說喜歡，洪童還是有些得意的。但喜歡詩詞角又如何呢？洪童還是不明白魯大的來意。

「洪編輯，我是個詩人。」魯大緊盯著洪童，這話一說出口洪童就知道了，之前的一切都是序曲，這才是他今天的目的。

「我就住在小區這點的宿舍，也算是我們平房鄉的住戶噶？我寫了詩，你看能在你這個詩詞角刊發不？」魯大終於小聲問了出來。

畢竟有年紀在前把持著，洪童只是微微一笑，心裡卻覺得這情景實在太滑稽。

從前在大報紙，就算是被稱作「夕陽行業」的那幾年，求洪童發稿的人也能從一樓電梯排到四樓辦公室門口，還都是各行業、各機關響噹噹的人物。雖然大家都是守法的，但也講人情，至少洪童家裡的酒始終都喝不完。可自從來了《走進平房》，五六年了，這位看門大爺魯大還是第一個來求他的——一個詩人。

當了一輩子編輯也認識一些賣文字的人，洪童太知道了，如今這世道但凡能寫幾個字、會發個微博的，都算會寫詩。無奈這滿街的二手詩人產出了無數的網路段子，卻沒幾首真正的詩。他沒想到連魯大這小區看門的大爺也如此附庸風雅，要來硬給自己裝上個詩人的名頭。倒也不是看不起魯大，好吧，或許是有些看不起魯大；但或許也不是，或許是看不起看門大爺這個角色；但或許又不是，或許是看不起詩人。再者，就算真是詩人，在《走進平房》的詩詞角裡發詩又算是哪門子的追求呢？且不說中國大大小小的詩詞刊物，哪怕發在網上也好，至少有人看。總好過被人壓在碗下，沾上油漬，成了名副其實的「打油詩」。

開始覺得好笑，後來有些生氣，最後竟然傷感起來。「能不能在你這裡發一下？」這句話洪童被問了半輩子，如今這句話倒還沒變，其他的一切都已物非人也非。他感懷起光陰的逝去，怎麼就從那時那日那樣的情景，「淪落」到了如此地步？

值得笑嗎？太值得一笑了，狂笑苦笑嘲笑，任君選擇。

短短一瞬裡，洪童的腦中湧動了如此多的情緒，若他能跳出來看看，會發現自己或許倒是塊當詩人的材料。而魯大顯然沒這麼多想法，始終一臉真誠地望著洪童，期待著一個回覆。這種真誠自有力量，逼迫著洪童嚴肅起來。

「好，我看看。」洪童說。

魯大連忙從兜裡掏出一個小本子遞給洪童，本子封皮上的彩印已經褪色泛白，但看起來一點不糟糕，被保護得很好。

「新船的詩」這幾個字歪歪扭扭地寫在第一頁，想必是出自魯大的手筆。

「新船？是筆名？」洪童抬頭問魯大。

「魯新船，還算好聽噶？」魯大笑著說。

「倒也不難聽。」洪童兀自嘟囔著，一頁頁翻閱起來。他是有心要認真讀的，只是魯大的字實在太難看，曲裡拐彎的形狀宛如蛇爬，嚴重影響了閱讀體驗，也不知是否真的有人讀過它們。洪童往後翻了翻，詩的數目還不少，有古體詩有現代詩，一頁一首，已經寫了大半本。天色已晚，耐性耗盡的洪童實在有些餓，已無心再看。

「魯師傅，這樣啊。如果你不介意呢，我就先把你這個本子帶回去，你留個電話，我回去慢慢看一看再和你聯繫？」

「不介意的，洪編輯！你拿去看噶，哪回你再過來看娃娃的時候再給我都可以，我等你的回話！」魯大激動地一再道謝，臨走時從兜裡摸出一包菸來放在洪童的桌子上，那動作僵硬而侷促，如同做賊一般。從前來送禮的人都知道洪童這人愛喝酒但不抽菸，

洪童追出門去想把菸還給魯大，卻看見他早已一溜煙地出了院門。

晚上原本定了要去兒子家坐坐，但洪童決定不去了。一來上次和兒子吵架後的餘波還未平息，二來如果去的話或許還會遇見魯大，不免又要說上幾句，乾脆就在家煮餃子吃。平日裡吃晚飯時是要看電視劇的，洪童拿起遙控器猶豫了幾秒又放下，開啟那本「新船的詩」，耐著性子讀了起來。

洪童有些驚訝，他本以為魯大的詩要不就是毫無深度的老年生活記錄，要不就是像網上那些人一樣寫一些調皮機巧的詞句，沒想到讀了兩首還真有些模樣。大量的題材都源於鄉村生活，大概就是魯大的故鄉——從詩裡看是個極少下雪、周邊有河、多雨多霧的地方。其中一首叫《詠鄉》，還別具風味。

水似雲霧霧似山，淺沼沒蹄牛羊慢。
騷人墨客若踏過，江南莫敢稱江南。

——《詠鄉》魯新船

洪童也認識些偶爾在朋友圈裡寫寫打油詩的朋友，魯大的水準距離他們並不算很遠，但這些人是萬萬不敢自稱詩人的。魯大的一些詩雖然也涉嫌無病呻吟，但至少有呻吟的姿態，其中還滲透出一股靈動與活力、一股對生命和生活的熱忱。作為一個如此生活的老頭子來說，頗為難得。

「不會是抄的吧？」洪童心想，專門挑出幾個勉強算作佳句的句子上網搜了搜，沒想到無論是詩的內容還是「魯新船」這個筆名都搜不到。搜「魯大」倒是搜出來一大堆結果，都是「齊魯大地換新顏」一類的新聞報導。「還真是他寫的，倒也有一點意思。但也就這一點意思。」洪童一邊吃餃子一邊想著。

「有一點意思」這評價已經算上了尊老愛幼的慷慨，但也就止步於此了，找不出再多的好來。現代詩太矯情，古體詩則時不時地出現奇怪的韻腳。洪童回想起魯大的口音，又仔細讀了讀才發現，這些不押韻的古體詩如果都換成雲南話便勉強算是押韻的。洪童當知青時有個交好的雲南朋友，可惜早已斷了聯繫，也不知是否還活著。魯大這幾首詩還勾起了心癮，去衣櫃裡拿出一瓶揹著兒子、兒媳藏起來的「小牛二」，就著餃子自斟自酌回憶起往昔來。在洪童心底，對那時仍有無限的、複雜的眷戀。但他懷念的從來不是那個時代，而是那時的自己。

「畢竟是業餘。」看了小半本，酒意上湧，洪童合上本子，如此下了結論。

碗盤散落在桌上冒著醋味兒，微醺著開啟了電視，冰涼的皮沙發怎麼也焐不熱。早知道還是去看兒子了，洪童心想。隨即摸出手機想給兒子打個電話，但殘存的理性告訴他這電話的結局可能還是爭吵，便又放下。夜晚總是難過的，那個唯一能嘮叨幾句的愛人早已永別，不敢再想，但念頭一空便孤獨起來。洪童覺得此刻自己是需要一首詩的，不是魯大的詩，而是一首真正的關於生命的詩。他想起來了——「如今我們深夜飲酒，杯子碰到一起，都是夢破碎的聲音」，他現在沒有「我們」，也沒有另一隻杯子與他的碰在一起，他的生活可能早就以另一種方式瓦解了，換了個紙杯子，碰也碰不出聲響來。

洪童那些模糊的情緒隨即蔓延到了很多的回憶裡，想起自己曾經努力正直卻始終升不上去，後來一狠心一跺腳不講正直了，竟然還是升不上去，或許在不正直的人裡還是太過正直。他想起那些難看的人、事、物，想起那些明明和糟糕同時出現的美好，美好卻都先行離去，糟糕還留在心裡。

「兒子，如今我們深夜飲酒，杯子碰到一起，都是夢破碎的聲音！」洪童還是撥通了兒子的電話，剛接通就朗讀起來。

「你來抱一下，我爸又喝多了。」洪童聽見洪軍在電話那邊小聲說。

「我跟你說，詩太美了，真的，我現在心理面的感覺只有詩能表達，真的！」洪童迷迷糊糊地講。

「爸，這根本就不是詩，這是人家散文裡的一段話，你瞎感動啥？你又喝酒了？不是跟你說了……」

「扯他媽的淡呢！你老子我說是詩就是詩！」洪童忽然來了一股無名的火。

「行，我不跟你說了，我幹活去了。」

「去去去，你去跟你的紅豆過，反正我早說了，你這事情不行，別到頭來……」

「爸，我也早說了，我的事你能不能別管了？」

「小兔崽子翅膀硬了是吧？我告訴你……」

話沒說完，洪軍掛掉了電話。「嘟——嘟——嘟——」，像夢破碎的聲音。

洪童一個激靈，酒醒了一半，一看手機，時間已經是夜裡兩點。翻開通話記錄，這通電話根本不曾播出去。

「媽的……」他笑了笑，這情景他並不陌生，不過又是一個醉倒在沙發上的夜晚。

第二天，洪童依然準時到了辦公室，要為這一期《走進平房》做最後的排版、校對。詩詞角裡的內容依舊是那首《長安秋望》，他排版時又讀了一遍，很滿意自己的選擇。洪童其實從未真的想過要把魯大的詩發出來，《走進平房》好歹也是個政府牽頭的社群報，自己好歹也曾經有過這樣那樣的頭銜，魯大不過是個看大門的，魯大的詩也不是什麼天才之作，隨便就能找到一百個不發的理由。

午休時，洪童騎車到兒子住的小區，打算把本子還給魯大，就此婉拒掉生活裡這一段小小的插曲。可當他走到小區門口時忽然想起來一件事，他停在路邊考慮了兩分鐘，做了另一個決定。

「洪編輯！我那個詩你可看了？」魯大看見洪童過來，興奮極了。

「魯師傅，借一步說話？」洪童忽然客氣起來，這語氣給了魯大希望，笑嘻嘻地把洪童領到了旁邊自己的值班室裡。這值班室不過三四平方公尺大小，洪童和魯大兩個成年男人只能擠在一起坐著，滿屋子都是魯大的汗臭味兒。

「魯師傅，您的詩我看了，實話說啊，確實比較稚嫩。」魯大目不轉睛地看著洪童，不管他說什麼都連連點頭。「您看啊，我們平時發的詩，古詩就不說了，唐宋詩人本來都是名家，就算是現代詩，對吧，泰高爾我們都不比，就算是國內的也都是有頭有臉的詩人。您的詩距離他們還是有些差距的。」魯大的表情一點點落寞起來，洪童都看在眼裡。

「但是，魯師傅，您也算是我們平房鄉的一員，我們是支持老百姓搞創作的，所以……這個，還是有些商量的餘地。」洪童小心地說著，「您看那邊，」洪童指向小區外的街道旁，「那個地方常年停著一輛白色的車，尾號0803，不知道您有沒有印象，那是我兒子的車。」魯大順著洪童的手指看去，路邊是空的，應該是開去上班了，但他逐漸明白了這一場談話的走向。

「我們小區沒有地下車庫，地面車位一直比較緊張，這個情況您肯定比我清楚，對吧？」洪童伸手拍了拍魯大的肩膀，這距離太近，魯大避無可避。「我兒子搬過來得比較晚，一直解決不了這個車位的問題，只能停在外面。雖然也不是天天有人貼條，但是呢……您說是吧？總是不太舒服，冬天馬上來了，這一路走進去也挺遠的。」

魯大看著洪童，還在等他繼續說，洪童往後坐了一點，意思是我已經說完了。

「對了，我不抽菸。」洪童拿出魯大給他的菸，塞回了魯大的手裡。

「洪編輯，我在這點只管看大門，車位不歸我管。」魯大憋了半晌，憋出這麼一句話來。

「這個我知道。魯師傅，大家都一樣，我上面也還有領導呢，我們彼此都想想辦法？您說呢？」洪童拿出了遺失已久的那個國字號大報紙老編輯的腔調，看來寶刀還未老，看門大爺魯大根本無力還手。

「那我想想辦法，洪編輯。」魯大的眼神有些黯淡，悶悶地說。

「我們可以把話再說得……」洪童把本子放在了值班室的桌上，輕輕拍了一下。

「不用，洪編輯，我明白的。」魯大說。

「行！那我們就都想想辦法。」洪童站起來側過身出門，不敢直視魯大的眼睛。往外走時，洪童心裡有些不忍。他自認為自己從來也不是什麼反面角色，但兒子這個車位的問題確實已經成了個老大難的問題，房子是買了，但沒地方停車算個什麼呢？瞧這小子的德行也不像是能再換一套房子的，或許下半輩子都要住在這個小區裡，車位必須解決。各種辦法都已經想盡了，如今遇見了魯大，或者說魯大送上了門，管它呢，試試看吧。

「洪編輯！」洪童正在路邊挑選到底該騎哪一輛共享腳踏車，魯大忽然追了過來。

「洪編輯，我問你個事情噶？」魯大離得老遠就喊道。

「行啊，你問。」洪童笑著說。

「洪編輯，你可有哪一首覺得還好的？」魯大站定在遠處，有些喘氣。

「有一首！有一首還不錯，叫……你僅有的憂愁！」洪童扯著嗓子說。

「好的噶！謝謝洪編輯！」魯大笑了起來，似乎很滿意地回去了，完全不像是剛剛被洪童「提要求」的樣子。

你沒有淋過舊時的雨，你沒有撫過龜裂的大地，沒有一棵草浸泡過你的鮮血，沒有一條魚見證過你的飄零。他們是這樣說的。你還不夠憂愁呵！你還有些空洞呵！你不過是在安逸的陽光下做著華而不實的夢呵！他們是這樣說的。他們是對的，我無力反駁他們的話語。這是我僅有的憂愁。

——《我僅有的憂愁》魯新船

又出了幾期《走進平房》，已經是深冬。

洪童來找兒子時依然會和大門口的魯大打招呼，魯大也熱情地招手，但誰也沒再提過關於詩或車位的事情。洪童對魯大早已不抱希望，他不過是個看大門的，這事情辦不下來也屬正常。而且洪軍最近生意有些受挫，也不願多見洪童，總是找理由搪塞，洪童見到兒子和魯大的機會也變得少了許多。

誰知，就在一箇中午，洪童正在辦公室裡吃著樓下麵館的外賣，魯大打來了電話。

「洪編輯，車位的事情我給你搞好了噶，三百塊一個月。」魯大興奮地說。

「啊?您說什麼?三百一個月?」洪童嚇了一跳。這一份驚嚇可不小，魯大成功地找到了車位不說，車位租金居然還比小區的均價便宜了一百。

「喂?洪編輯，你可還要這個車位?」魯大在電話裡問。

「哦……要的要的!對了，魯師傅，您的詩要不再給我看看，下一期報紙馬上要定稿了，我給您安排一下……」洪童被打了個措手不及，有些慌亂。

「不礙事!洪編輯，這一期不行就下一期噶，看你方便嘛。就是這點這個車位比較著急，你要趕緊來辦噶!」魯大說。

「不行不行，我們按道理來辦事，一碼是一碼。這樣，魯師傅，我們就定那首你僅有的憂愁了!您快唸給我聽。」洪童把手機夾在耳朵邊，一個字一個字地往電腦裡敲。

魯大在電話裡把《我僅有的憂愁》唸完，洪童複述了一遍，確定了幾個字。

「嘿！現在再看，寫得是很好啊！很有味道！」洪童讚嘆道。

「洪編輯，我還有個小要求，你看下能不能行？就是這個名字噶，我看你們都直接寫這個詩人叫個啥名字，我這首你有沒有可能在『魯新船』前面加上『詩人』兩個字？」魯大的聲音有些彆扭，顯然提出這要求也是不太好意思。

「沒問題！這算什麼，現在就加！我這加完了先發出去，過幾天就下廠印刷了。車位的事情我下班就來辦。」洪童一口答應，心滿意足。

這個電話讓洪童心情大好，車位落實，可算是解決了一大心事。剩下的半碗麵越吃越香，也沒心思再去嘲諷魯大為了當個詩人如此煞費苦心，只要能過審，要他加「偉人」兩個字都行。

可惜，到了下午，大好的心情灰飛煙滅。

首先是給兒子打電話：「你今天要早點回來，小區車位的事情給你辦妥了。」洪童一副發號施令的做派，彷彿在對兒子炫耀著什麼。可洪軍卻說——車位一年多以前就已經租下來了，前段時間已經續租一年，每月四百。這可把洪童給說蒙了，自己明明就記得車位的事情從未解決，自己還專門去找過好幾趟物業，難道已經是多年前的事情了嗎？最近一年多自己明明就記得兒子的車還停在小區外的路旁，怎麼忽然就變成在小區裡有車位了？又仔細盤算了一下，好像還能記得自己坐在兒子車裡的場景，卻完全回想不起來這車停在何處。

「爸，你不記得了？有一次我車停在小區裡被人擋了，打了電話那人也不下來挪車，你還跑去威脅人家？」哦……洪童想起來了，是有這麼一回事。但這事情發生之後轉眼又被他忘掉，固執地認為車位這事情從未被解決。是老年痴呆了？是因為喝酒？洪童搞不懂。或許只因為他的心裡始終覺得兒子這個車位是需要他來解決的。

「你那個車位太貴，我給你找的一個月才三百，你就換成我這個。」洪童倔強地說。

「爸，我那個車位就在單元樓門口，而且都續簽了一年了，說退就退啊？你找的那個可靠嗎？我這個四百已經是最低價了，你那個怎麼還能三百啊？在什麼位置啊？」洪軍連環炮一般地發問，洪童一個都答不上來。

「先不和你說了，我這裡正在忙呢，什麼時候過來吃飯給我發微信。」洪軍說完便掛了電話，留下洪童在空曠的辦公室裡茫然著。沮喪之中，洪童瞄到電腦螢幕上魯大的詩，長嘆了一口氣。按道理來說，車位的事情總歸是自己搞錯了，這詩還是要給人家發的。

忽然手機又響了，是鄉裡宣傳部的小劉，洪童警覺起來。

「洪老師？我宣傳部小劉啊，問您個事兒唄？」小劉很客氣。

「啊，你說。」洪童試著捋順自己的情緒。

「您中午提交的這一版，詩人魯新船，是誰啊？」小劉問。

「嘿！今兒是怎麼了？魯新船就是我們鄉裡的一個詩人，怎麼著？平時你不就審審鄉領導的頭版，今天怎麼還管起詩詞角了？」洪童氣不打一處來，聲音大了起來。

「您彆著急啊洪老師，我也就是問問，之前您都弄李白、杜甫、泰高爾，這我哪兒問得著呢？您說是吧？這個魯新船我上網查了，壓根兒就沒有這個人。您也知道最近很多媒體都吃過虧，發一個也不知道是誰的稿子，最後這人出了問題，您明白吧？前幾年我弟他們臺還報導了一個正面人物，結果他媽的前段時間說他又是經濟問題又是刑事問題，趕緊把數據都撤了。您別生氣啊，我就是舉個例子。您也知道我們這報紙雖然不算什麼大報，但畢竟也算是鄉裡的門面，也不是說不能發啊，就是畢竟也有些風險，您再想想……」

「不用想了，我已經決定了。」洪童打斷了他，同時心裡思索著自己是不是在某時某地得罪過這個小劉。但因為剛才車位的事情，洪童對自己的記憶已經不太信任。

「洪老師，其實吧……這事情是老陳說的，一個聽也沒聽說過的人，還用什麼『舊時的雨』這種詞，您明白吧？要不然我也不至於跑您這裡來跟您……」小劉訕訕地說。

老陳便是那個三番五次「邀請」洪童出山的人。老陳總體來說還算和善，也不是個古板的人，唯獨對於自己這個「領導」的位置非常看重。洪童一聽是他，心知這事情是扭轉不過來了，應付幾句便掛了電話。

「媽的……」洪童隨便找了首唐詩替換掉了魯大的詩，胡亂排了排版又發送了一遍。以為自己能做的事情，反而做不了；以為自己能辦好的事情，反而人家不需要。窗外陰冷的天空像一個巨大而模糊的影子，那影子曾經被日光黏連在洪童的腳面上，如今卻已經抓不住，要被風帶去遙遠的地方。

「魯師傅，您什麼時候休息？我請您吃個飯。」

傍晚時分，洪童滿臉堆歡，透過值班室的窗子看著魯大。

地點選在了小區附近的一處川菜館，近幾年才開業，裝修得還算體面。「大冷天的，暖暖身子！」洪童做主點了兩瓶二鍋頭，魯大推辭不過，只好接過一瓶。

「抱歉啊，魯師傅，我先走一個。」洪童一口飯還沒吃，上來就先乾了一杯。酒到肚子裡燒了起來，有些難受。魯大看情形也明白過來了，看來這詩是沒希望了。但他沒想到，就連車位洪童也不要。

洪童就著酒，把能說的抱歉話全說了一遍，一副負荊請罪的模樣。其實真正願望落空的人是魯大，現在反而是魯大一直在安慰洪童，一再告訴他沒關係。魯大也一樣滿臉的失望，但洪童自顧自地吃菜、喝酒，眼前已經矇矓，看不分明。

「魯師傅，我問問啊，這個車位是怎麼找到的？怎麼才三百一個月？」洪童想起來這件事，問魯大。

「你不是說……要找車位噶，我第二天去和人家說，就已經說好了。」魯大也有些微醺。

「第二天？我他媽跑了多少趟呢，我怎麼辦不下來？你怎麼一去就得手了？」洪童苦笑著說。

「洪編輯，我媽媽，我媽媽已經不在了噶，我媽媽就教育我一件事情，能說實話的

時候，就盡量說實話噶。我就是說了實話。」

「什麼實話？和誰說？」

「張姐，物業張姐。」洪童聽完笑了起來，這個張姐洪童是認識的，至少比魯大和洪童小兩輪，魯大還笑嘻嘻地叫人家姐。「我就說清楚我這點有這個情況，說清楚洪編輯這點有這個要求，張姐就說等有人車位到期了就給我留出來一個。今天早上和我講的，說馬上要空出來一個。」魯大說得輕描淡寫，彷彿根本就不費力氣。洪童聽到「洪編輯這點有這個要求」時滿臉通紅，好在因為喝了酒，也看不出來。

「你的情況是個什麼情況？就因為你要發詩？這個張姐什麼時候這麼大方了？還給你三百一個月？」洪童回憶起自己和張姐打交道的時候，對方明明就是個十分計較的女人。

「張姐說，我這樣的情況她還是希望幫我，而且說我平時幹活幹得還算好噶，就算是她這點私人支持我，叫我車位再租給你，多的錢就給我了。」魯大給自己倒了一杯酒，舉到了洪童的面前。「但是，我必須和你坦白噶，洪編輯，我對你是沒有講實話的。」說完話魯大喝下了酒，滿臉皺紋擠在一起，隨後驟然鬆開，發出「嘶」的一聲。洪童盯著魯大，回想著到底他在哪裡騙了自己。

「魯新船不是我，是我老家的孫子。」魯大說。

「我們那點在鄉下，沒發展，都是要出去打工的。我兒子早些年和老婆一起出來打工噶，結果就找不到了。我就這一個娃娃，到現在也不知道在哪點。最後說是在北京，我來找他們也沒找到，家裡也沒存多少錢，魯新船的奶奶就在家帶他，我就在這點找工作。

「後來新船年紀大了，今年也二十多歲了，也沒讀過啥好學校。人家都出去打工，他就喜歡寫詩，人家問他是做哪樣的，他硬要講自己是個詩人。我們也不懂他寫得好不好，但是在我們那點寫詩也不賺錢，就是被人笑哦，沒有人相信他是個詩人噶。他寫完了就發個簡訊給我，我就記下來，想著北京懂文化的人多噶，萬一哪天有機會讓懂文化的指點一下。」

魯大拿出手機來給洪童看，果然密密麻麻全是魯新船發來的詩。洪童到現在終於搞清楚為什麼魯大的詩裡總帶著些與他年齡不太匹配的、微妙的感覺，原本以為是魯大人老心不老，原來是出自一個二十歲出頭的年輕男孩。

「我之前給好多報紙和雜誌都寄過信，都沒有刊發。這次就想試試看在《走進平房》上能不能發，這樣我把報紙帶回去，村裡的人一看噶，噢喲！詩人魯新船在報紙上發表了詩，那就算是認證了噶，新船就是個詩人了。」說到這裡，魯大的語氣明顯有些興奮。

「但是新船也不是我們平房鄉的住戶，我擔心因為這個原因不讓刊發，所以我沒對你講實話。我原本想說我叫魯新船的，但是見到你的時候沒注意，又說了我叫魯大，好在你也沒在意噶。」

魯大說完有些口渴，再倒酒，發現瓶子已經空了。洪童又叫了兩瓶，一邊拆著包裝一邊消化著魯大剛才說的話。

「唉，魯師傅，《走進平房》就是個社群報，其實也沒什麼人看的，你知道嗎？我其實可以幫你想辦法推薦給……」洪童本想再承諾些什麼，卻又忽然停下來，似乎是覺得此刻的自己並不具備承諾的能力。

「不要緊的，鄉級報紙在我們那點已經很好了。而且你這個報紙編得很好，把鄉裡面的建設報導得很細緻。你這點發的詩那都是大詩人的詩，我們新船也沒有名氣，確實是夠不上的。」

洪童剛才對魯大解釋過領導因為「搜不到魯新船」而叫停這件事，現在深感懊惱，憤憤地又乾掉一杯酒。

「沒事的，洪編輯，你喜歡他那首詩，我和他說了，說我們平房鄉的大編輯洪童都說他寫得好，他還想鬧哪樣？他很高興，真的，洪編輯，不必在意的。」魯大又安慰起洪童來。

「你和他說了？你說沒說這首詩要發？」洪童抬起頭來問魯大。

「說是說了，不過真的沒關係，我想他肯定也是理解的。」

洪童深深地嘆了一口氣，他原本以為吃一頓飯足夠把自己的理虧扯平，但現在他又覺得遠遠不夠。

「洪編輯，詩發不出就算了，車位你還是可以拿去的，都是為了孩子，沒關係的。」魯大完成了「坦白」後似乎釋然不少，語調也輕盈起來。但洪童只是搖了搖頭，想對他解釋，又沒了力氣。

「你小孩是做哪樣的？」魯大見洪童始終不說話，便問他。

「我兒子他……做生意。」洪童遲疑了幾秒，最後還是說了個籠統的詞語。

「做生意好噶，怪不得能在我們小區買……」

「他賣紅豆餅的。」魯大話還沒說完，洪童忽然打斷了他。

洪軍大學是學設計的，原本在一個建築公司上班。這公司並不好進，不少的專案都是修橋、修路，各種顏色的收益都很可觀。而就在洪軍已經算混出點名堂時，忽然一聲不響地辭了職，說要去賣紅豆餅。「我就是個做設計的，而且我酒精過敏，但不喝酒真的沒辦法，我受不了。」這是洪軍的理由，在洪童看來實在荒唐。「賣紅豆餅你讀什麼設計？我的兒子酒精過敏？真他媽絕了。」他每每說起都一臉不屑。

唾手可得的大好前程毀於一旦，洪童自然是氣憤無比，也沒有妻子在場調解，從此和兒子產生了嫌隙。洪軍也說過，自己對賣紅豆餅有很好的規畫，先從平房鄉當地的大商場入手，慢慢做出名氣了再擴張出去，最後搞加盟，收入只會比以前更多。

「小商小販。」這是洪童對紅豆餅事業的定論。

若是一帆風順倒也罷了，洪軍顯然是低估了市場的錯綜複雜。酒是不用喝了，煩惱卻絲毫沒有減少，發展的過程裡遇到了極大的阻力。已經摺騰了好幾年，還是隻有兩家很小的檔口店，名氣也不算大，距離搞加盟還很遙遠。坐吃山空的壓力成了洪軍人到中年的主題曲，真要說起來，來自爸爸的打擊還算是最小的痛苦。況且洪童是懂道理的，平復心情後也曾經發表過支持洪軍的言論——「希望你有一天能把你的計畫都實現，到時候我絕對給你道歉，真心誠意地為你叫好。」

「好吃不？」魯大忽然問洪童，洪童一下還沒反應過來他指的是什麼。

「你娃娃賣的這個紅豆餅，好吃不？下回你給我一個，我也嘗嘗看噶。」

洪童忽然意識到自己好像從來沒仔細嘗過這個紅豆餅，兒子過來看他時總會帶一些，但每每吃起來總是夾雜著憤懣，具體是什麼味道反而忘記了。

「也就那麼回事，太甜。」洪童說。

魯大的手機響了，他看了一眼便遞給洪童。「你看，又寫來一首噶。」

這是一首現代詩，叫《最後一個鼓掌的人》，看內容是魯新船寫給自己失蹤的父母的。洪童看完以後感到有些壓力，因為從詩裡來看魯新船明明就把自己要在《走進平房》上發表詩這件事當真了，顯然是已經期待了起來，竟然提前發起感慨。

回家的路上洪童沒有騎車，醉醺醺地漫步在熟悉的小路上。他反覆回想著魯新船的

詩，他不知道最後一個為魯新船鼓掌的人到底是不是他那不知蹤跡的父母，但他知道，第一個為魯新船鼓掌的人，一定是魯大。

已經是春節前的最後一期《走進平房》，洪童坐在辦公室的角落裡曬著難得一見的冬日豔陽，電腦在一旁開著，他在等一個電話。

「洪老師，您這是從哪裡招來的神仙啊？」小劉的電話一打過來就如此問洪童。

「怎麼啦？我混了幾十年了，還不許我認識個神仙？」洪童明知故問地笑著。

「嘿，您這話說的！老陳說區裡打電話過來，說上面有人點名表揚我們平房鄉的詩人魯新船，要把他作為百姓文化建設的典型塑造！您可真行！洪老師，這魯新船和您什麼關係啊？」小劉小聲而謹慎地說著。

「沒什麼關係，我是他粉絲。老陳還說什麼了？」洪童輕描淡寫地說。

「老陳說既然上面有想法，就讓您看看情況，版面可以多給一點，全面報導一下。實在不行我找找我弟，再來搞個採訪什麼的。」

「採訪就不必了，人家低調，其餘的我處理吧！」

洪童掛了電話，雙腳往牆上一蹬，把椅子滑到了辦公桌前。電腦螢幕點亮後，是他早已準備好的一整版內容：「我僅有的憂愁——青年詩人魯新船。」

這一整版裡包括了對魯新船作為「平房鄉居民」魯大的親屬的介紹，還有六首洪童精選出來的魯新船的詩。另外洪童還找了些老朋友為魯新船的詩寫了評論，雖然不是什麼知名評論家，但也足夠了。右上角有一張魯新船的照片，是洪童找魯大要來的。魯新船的樣貌一看就知道是魯大的孫子，黑黑瘦瘦的，眉眼的輪廓和魯大如出一轍，但多了些清朗和秀氣。照片裡的魯新船拿了個筆記本站在村外的河邊，很不自在地看著鏡頭，露出青澀的笑容。和魯大一樣，魯新船的牙也不甚美觀，洪童還請兼職美工的小年輕在電腦上把他的牙處理得更白了一些。

洪童這次很有幹勁，一字一句地校對了好幾次，因為他確信這一期《走進平房》和以往都不同，這一期一定是有人看的。他想像著那個自己從未見過的男孩，把這份報紙展示給身邊的人們，驕傲地說：「我早跟你們說了噶，我是一個詩人。」

與此同時洪軍回了微信，說「好」，這是回應洪童上午發給他的，「明天去印刷廠，要送點你的餅給他們，我晚上來拿，多裝幾張你的卡片，包漂亮點。」誠如洪軍所說，爸爸是個驕傲的人。洪童沒辦法這麼快地改變自己，像魯大一樣成為第一個鼓掌的人。

但他確實是個驕傲的人，他也不要當最後一個。

當我的名字要從這裡走到那裡，你們又在哪裡？當我的歌要被遠方的人唱起，你們是否會聽見那一座熟悉的老山，迴盪在旋律裡？如果有一天全世界都看見我的詩句，你們是否會一樣有興奮的感應？如果有一天全世界都為我鼓掌，我願意等待人群散去，我要看在最後的、最後的角落裡，最後一個為我鼓掌的人，會不會是你？如果真的是你，會不會就是你愛我的證據？

——《最後一個鼓掌的人》詩人魯新船

鏡中鵝

五十七歲的郭建新在清晨出發去廣西，老婆尚在熟睡，一隻鵝在院門口目送他。車在村道盡頭消失，那鵝終於回頭進院，對著窩棚邊的一面鏡子蹲下，就此不動。他可以一直如此看著鏡中的自己，直到正午，直到深夜。

一

去廣西的前一天，郭建新要先去接一隻鵝。在偌大的北京城裡找一隻鵝不算難事，況且郭建新對於品種也沒什麼要求。但這一隻鵝郭建新找了多久，他自己都記不得了。首先他要找的不是一隻燒鵝，亦不需要成為燒鵝的可能性；其次他不需要小鵝苗，他需要一隻十歲至二十歲之間的成年鵝，公母倒是不在意，反正也不是為了繁育。他還需要這鵝與人一同生活過，群體圈養出來的木訥之輩是無法達標的。如果這些都能滿足，還有最後也是最難被人接受的一項：試養三天，不滿意就要退貨。

難嗎？聞者皆說：難！

鵝來鵝往，能順利進入郭家試用期的僅有一隻，還不到半天就被退貨。那鵝大搖大擺地在院子裡轉悠，叼食幾片地上的菜葉後率先拉出一泡屎來。隨後這院子的正主從屋裡出來了，那新來的鵝始終高昂著脖子——在鵝界無異於豎起中指，毫無一絲示好的態度，即便被正主啄打了幾下仍不悔改，甚至變本加厲地要去搶占那正主的窩棚。窩棚邊的鏡子見證了正主對自家領地的捍衛，新客人負傷走掉，郭建新因此在退貨時費了半天口舌才勉強要回了一半的錢。這鵝是遠方親戚幫著從朋友處尋來的，郭建新如此也搞得那親戚下不來臺，後來也不再幫忙了。

院子的正主是另一隻公鵝，自小來到這院子已經二十五年。二十五歲的鵝已近晚景，能打贏新來的入侵者全憑一口驕傲的老鵝真氣，不客氣地說，這真氣已是用一口少一口。

郭建新的車常停在院門口，也不知從什麼時候起那鵝總愛直愣愣地面對著車門發呆。這是想出遠門嗎？郭建新花了一個月時間才弄明白它原來是在對著車門的金屬漆面照鏡子，事實上它會在任何鏡面前停留——車門、水池、地上的鐵盆……郭建新索性直接在它的窩棚旁豎起一面玻璃鏡子，那鏡子可比車門清晰多了，鵝從此不再出去，每日蹲坐在這面鏡子前左搖右晃，找一個優雅的角度。

這隻熱衷於照鏡子的鵝並沒有大名，一定要說的話或許叫做「郭的鵝」。

這次是村裡鄰居介紹來的機會，北郊的一個村子將要拆遷，其中一戶人家打算去城裡置業，剩下三隻無法處理的鵝。鵝與貓、狗不同，貓、狗能順利住進城裡的公寓樓，鵝卻困難。鵝沒有膀胱，直腸子裡的屎尿來去自如，任它再通人性也敵不過生理上的構造，單獨這一項便無法被接受。

郭建新聽說那人也和他一樣把三隻鵝養在家中院子裡伺候著，頗為合意。原本想從廣西回來再去挑選，誰知這三隻鵝還挺搶手，剛聯繫上對方就被告知已經被要走了兩隻。郭建新被迫趕在去廣西前跑了一趟北郊。

雖然由南向北跨越了北京城，但北方的鄉野總是相似，接鵝的村子和郭建新家看起來沒太大區別。唯一不同的或許就是這裡已經被命運的手指選中要成為厲害人物們開會的地方，很快就會修起那種有反光玻璃的、造型詭異的建築。村裡人的臉上此刻都流露出一種將喜未喜的表情，謹慎地等待著老天爺憐憫的兌現。

「老王家是可憐哦，」路邊嗑瓜子的人在感嘆，「就規劃到他家門口那條路，其實也就是多個二十米的事情，我估摸著在地圖上也就一個指甲蓋的距離，嘿！運不好。」「運不好？我看是命不好，空歡喜一場。去廟裡拜拜吧，要不找人算算。」另一人補充道。

郭建新要找的人叫王也慶，找到他家院子才明白過來，他就是那個老王。

「抱歉啊兄弟，今天剛知道訊息，我們家不拆了。」王也慶把郭建新帶進院子裡坐下，拿大瓷缸給他泡了茶。一隻大鵝圍繞著郭建新對他發出低吼，或是抗議他進入了自己的領地。那鵝羽毛白淨、脖頸俊美、身軀健壯，只看一眼就知道是個富養出來的小夥子。王也慶家看起來條件普通，水泥牆壁四處掉皮也沒有要修的意思，水管下襬著的瓷盆是八九十年代流行的款式，院角木桌上的麻將牌面都已經掉漆、發灰，家具也都是搖搖欲墜的老對象，距離成為古董還差個百八十年，正是最無價值的時刻。在這院子裡富養一個人是遠遠不夠的，但富養一隻鵝看樣子倒還可以辦到。

「那怎麼著？鵝是不賣了？」郭建新看上了這隻鵝，遺憾地問。

「這不是跟您商量嘛，本來三隻鵝都養了十幾年了，已經抱走兩隻，就剩它了。」王也慶指著那隻鵝說，「二條，別跟這裡晃，自己玩去。」這是一隻三花鵝，腦袋頂上有兩道黑色的印記，叫「二條」可謂鵝如其名。「嘿，這倒楣催的！它們仨裡就數它最衰，一萬和三筒我都經常和，唯獨二條，自從有了它我就沒和過二條。現在好了，一萬和三筒倒是送走了，剩了這個倒楣蛋子。」王也慶兀自笑起來。郭建新也樂了，想像著那一萬和三筒會是個什麼相貌。

「您也養鵝的吧？那我也不跟您兜圈子了。」王也慶說。郭建新一聽這開場白便知道自己終究是白跑了一趟。

「您肯定也知道鵝和人是有感情的，我們既然不搬家，二條我是不打算賣您了。坦白說一萬和三筒我也想去要回來，能不能要得回來咱另說，總之我是這個態度，您多包涵！」王也慶一邊說一邊從裡屋拿出一個早已備好的袋子來遞給郭建新，「您這一路也夠遠的，雖然這個事情它比較突然，嚴格來說也不賴我。但我也不讓您白跑，您拿著！」袋子裡裝著一瓶矮口陶瓶款的二鍋頭，這是郭建新和老友常喝的酒，看著頗為親切。

「這可不行！」郭建新自然是婉拒了。「人家不要就不要唄，你拿回來放著。」女主人的聲音從裡屋傳來。「我說給您拿著，您就拿著。」王也慶又把酒強塞進郭建新的手裡，聲音也隨之大了起來，同時卻對著郭建新擠眉弄眼，郭建新反應過來那聲音或許是大給女主人聽的。「人不壞，就是摳搜慣了。」王也慶指著裡屋小聲說。「我摳搜？你以為你就不是倒楣蛋子？還真覺得自己發了？窮大方！」裡屋如此回應，顯然也是積攢著拆遷未遂的怒火。王也慶臉上一紅，沒再多說。

王也慶還客氣地留郭建新吃午飯，郭建新連連擺手。正起身要走卻瞄見後門外停著一輛車，那車的顏色激起了郭建新的興趣。

「開出租的？」郭建新問。王也慶點了點頭。

「嘿！我也是！」郭建新一拍大腿。

這頓飯終究還是吃了。

嚴格說起來郭建新已經從計程車行業退休了一些日子，和許多老師傅一樣是因為老腰作祟。老師傅想見聊的自然都是路上的事情，行業的興衰、各公司內部的閒言碎語、出車遇上的奇葩往事……路上的事情總是精彩，但聽多了也無味，況且初相識的兩個人話也說得淺，不算特別盡興。王也慶比郭建新歲數小一些，剛滿五十，也說起自己有退休的打算，卻又被媳婦在一旁陰陽怪氣地諷刺了一頓。「不能怪她，這事情落誰頭上都不好接受。大家都是一輩子抬頭不見低頭見的，都一個德行，一轉頭人家賺了大錢，我們還這副模樣，肯定有落差。」王也慶吃完飯把媳婦哄去了鄰居家玩牌，悄聲對郭建新說。

「我這人啊，一輩子不做虧心事，但運氣總是差那麼一點。」王也慶顯然也是失落的，「年輕時還思索著弄點什麼，到頭來還是開……」意識到郭建新也是開出租的，王也慶嚥下了後面的話，「您瞧瞧，這次就差了這幾公尺。」他怔怔地望著門口的那條小路。

「兄弟，下午得空嗎？」郭建新忽然問道，「別的我不知道啊，您家裡的事兒您得自個兒思索，但您這兩隻鵝咱得去要回來。」

「怎麼個意思？」王也慶來了興趣。

「鵝和人一樣，不能就這麼給拆散了。」郭建新說。

接走三筒的是王也慶住在隔壁村的表親，好溝通好說話，不到半個小時就把鵝接了回來。接走一萬的那戶人家住得遠，車開了一個小時才找到地方，誰知對方見王也慶要得急突然就坐地起價，要王也慶再加一筆錢才能把一萬給買回去。對方說了一堆有的沒的，王也慶竟然還被說動了，剛打算掏錢，卻被郭建新按住了手。

「你認識嗎？」郭建新輕聲問王也慶。

「不認識，我兒子網上找的。」王也慶耳語回答。

「媽的，不要了。」郭建新啐道，隨後低聲對王也慶說，「去把車著上。」王也慶心領神會，悄悄退到路旁假意要走。郭建新蹲下摸了摸一萬，趁人不注意抱起鵝就跑。抱鵝本是個技術活，好在郭建新二十多年的鵝並沒白養，一手抓脖子一手夾肚子穩穩當當地連邁幾個箭步就竄進了車裡。王也慶只在一腳油門間已將空擋換到一擋再換到了二擋，計程車在小路上絕塵而去。

「兄弟你這幾下不錯啊！我比你小七歲，我是已經不成了。」王也慶把著方向盤讚嘆道。

「我也就年輕的時候當了幾年兵，底子好點。哎喲！說不得！」郭建新的老腰一使力又犯了病，在後座斜斜躺下，一邊疼得齜牙咧嘴一邊哈哈大笑。王也慶也笑得歡暢，等郭建新緩過勁兒來了兩個人在車裡擊掌相慶，回去後七嘴八舌地把事情學給王也慶媳婦聽，聽得她一邊苦笑一邊搖頭。轉頭間她去裡屋拿出個鐵罐子給郭建新泡上了一杯私藏的高茉，隨後話也沒多說就去給三隻鵝弄吃食了。王也慶對此很滿意，他知道媳婦心裡很疼這三隻鵝，現下算是認了郭建新這個朋友。

「晚上我們出去吃，我得好好謝謝您。」秋日的天色已暗，三隻鵝重聚在院裡追逐打鬧，王也慶又穿上了外套。

「晚飯真不行，我明兒一大早的飛機去廣西。」郭建新連忙擺手拒絕，「等我回來怎麼樣？今兒我開車了也沒喝酒，您給我的這瓶牛二我先放在您這裡，等我回來咱哥兒倆把它消滅了！」順手又把那瓶酒給回了王也慶。

「得嘞，那等您回來吧！」王也慶這次沒再強求郭建新把酒帶走，愉快地答應了。

「去廣西是旅遊去？」王也慶問道。

「不是，去看個朋友，也是個倒楣蛋子。」郭建新笑著說。

二

原本老婆要與郭建新同去廣西的，但約好要託管鵝的鄰居臨時有事不能履約，郭建新只能獨自前往。叫來的網約車後排寬敞舒適，老計程車司機郭建新坐得五味雜陳。他也很久沒有坐過飛機了，充滿金屬感的機場對他來說只剩下在接客區排著隊小睡的記憶。臨飛前才想到該買點菸酒帶去，一看價格卻發現比超市裡要貴出不少，索性作罷。

從北京飛廣西北海的班機每天只有兩班，要飛上三個多小時。北京這座城市近看時繁華而熱切，可當飛機緩緩離開地面，眼前只浮現出荒漠般的北方大地。那些在地上看著高聳入雲的大樓此刻也都渺小了，與雲層還相隔著不可觸控的距離。每日奔波的道路在天上看起來如毛細血管般徐徐蠕動，誰先誰後，誰快誰慢，誰搶了誰的左轉道，已看不出分毫端倪。但無論荒涼或富饒，冰冷或熱烈，這裡都是家。

于大雪便是看著這樣的景象離開北京的，他怎麼捨得？郭建新望著窗外的雲海，雙層玻璃在雲海裡隱約映現出老友的面龐。

郭建新認識于大雪有多久了？十歲到如今五十七歲，四十七年了。按于大雪的話說，他和郭建新除了生孩子之外所有的事情都一起做過。

于大雪和郭建新同屬龍，但一個龍尾一個龍頭，于大雪幾乎小了郭建新一整歲。于大雪八歲那年和妹妹一起過繼到郭建新他們村裡，起初是和他相互毆打，于大雪被打掉一顆牙後兩個人反而成了親密的朋友。于大雪的確是個倒楣蛋子，父母早亡不說，小叔家對他和妹妹這兩個成分不純的孩子也沒什麼好臉，混亂年代裡甚至都不給一口飽飯吃。于大雪只能在地頭蛇郭建新的帶領下四處偷些吃食，不敢帶回家時便帶著妹妹一造成荒地裡生火現做。于大雪的膽子比郭建新小多了，老鼠、爬蟲、大泥鰍什麼的一概不敢吃，有任何好吃的東西都只知道拿來拌麵。這樣的人最後竟然還去了南方，郭建新每每說起都苦笑。

這兩個人連住家都只相隔數十公尺，早已如同異父異母的兄弟。也短暫地分開過幾年，起因是郭建新去當兵了。于大雪這人平足外加近視眼，想當兵也沒當成，讀書也不行，只能出去混。起初是在木廠裡拉大鋸，郭建新去看過一次差點沒把腸子嗆出來，細碎的木屑漫天飛舞，像一場大雪。後來郭建新在部隊裡學會了開車，轉頭便回來拿木廠的卡車教給了于大雪，算是讓他有了一技傍身。

退伍後，郭建新想學人家下海，興高采烈地要來了于大雪一半的積蓄。本想帶著兄弟一起發財，誰知腳尖還沒踩到海水就被人騙得血本無歸。那時恰逢郭建新要娶老婆，于大雪二話不說把另一半積蓄也拿給了他。據于大雪自己說，郭建新和老婆從前偷食禁果的夜晚便是他給放的風，似乎也因此有了一種要為此負責到底的使命感。

「你看看你幹的這些事！怎麼好事情就永遠輪不上你？」于大雪後來也娶妻了，妻子常常如此感嘆。「你懂什麼？這叫『吾道一以貫之』。」于大雪從報紙上學會這句話後常常不分場合地胡亂使用。「貫你的臭狗屁，以後可不能拿孩子的錢這麼亂來。」妻子此時往往會嗔怒著輕拍他的後背。

郭建新瞄準時機幹起了出租，在當年可謂是純種的貴族工作。郭建新從大發、麵包車開到夏利，眼看著衣衫也新了，鞋子也亮了，該還給于大雪的錢也早就悉數歸還，另外還悄悄塞給于大雪妻子足足一倍的利息。郭建新和于大雪妻子都勸他也去開出租，但于大雪只因「老闆對我很好」這理由始終堅持開著貨車。

一九九六年，于大雪跑車途中在外省省道的偏僻處碾上了暗刺，車胎漏氣後連人帶車一起被劫了。剛剛結過幾個月的現帳還揣在身上，現金也損失慘重。他瞞著妻子找郭建新借了錢擺平這事。「幸好你兄弟是開出租的，要是跟你一樣開大貨，你上哪兒借去？」郭建新在酒桌上是這麼笑話他的。酒後回村的路上兩個人遇見一隻大鵝帶著一群小鵝在路邊走著，四下也沒個人，一副幸福家庭的模樣。酒意上湧的兩個人各自抓起一隻小鵝就開跑，一直跑到滿臉通紅，頭暈目眩。這種強度的奔跑甚至已經不像在逃避那個並沒有追來的鵝主人，而像是在逃避某種更大的力量，比如命運。二人原本是給各自的小鵝起了名字，誰知把它們一放下地卻再也分不清誰是誰，二人又都嫌對方起的名字太俗氣，只能笑著作罷。鵝喜群居，兩隻也勉強算數，兩隻小鵝從小一起打鬧成長，後來于大雪離婚後無暇照料就乾脆都養在了郭建新家裡。這兩隻鵝的長相幾乎一模一樣，起初根本分不清，好在它們自己先分出了高下，其中一隻認了另一隻做首領，總跟在它屁股後面，於是打頭的被叫做「郭的鵝」，屁股後面的叫「于的鵝」。家裡人起初也動過亂燉或紅燒的念頭，養出感情後也都一一打消了。

這一養便是二十多年，二十多年裡世界飛速地變化著，郭建新想跟卻已經有些跟不上，終於這計程車也慢慢開成了「夕陽產業」。于大雪則始終踐行著那句「吾道一以貫之」的箴言，在那個運輸公司做了個小官。孩子們各自長大，小叔子中風癱瘓，親戚朋友們該離婚的離婚，該成家的成家，郭建新成了老郭，于大雪成了老于。

「老郭你自己過來，我哥情況不好。」于大雪的妹妹原本要到機場接郭建新去醫院的，郭建新落地開啟手機卻直接收到了醫院的地址。

沿路這座陌生的海濱城市就是于大雪最近幾年的生活吧？深秋還穿著拖鞋的人們騎著各式小摩托密密麻麻地穿行在路的兩側，棕櫚葉在風裡搖擺，海潮聲遠遠襲來，像是老友的召喚。「我和他說你已經落地，他在等你。」于大雪的妹妹又發來訊息。郭建新無心再看周身風景，若不是實在不認識路恨不得自己上手去開這輛慢悠悠的破計程車。

「老郭來了！」終於，于大雪的妹妹在走廊外接上了滿頭大汗的郭建新，大聲對著走廊盡頭的病房喊著。

走進病房，于大雪已然走了。

四年多沒見，病床上的于大雪形銷骨立，竟然比從前臃腫的模樣還俊俏了些。他的嘴唇微微張開了一點，似乎有一句沒說出口的話還堵塞在那裡。是什麼呢？已經永遠無法知曉了。

「我哥沒了。」于大雪的妹妹輕輕扶著郭建新的肩膀啜泣，郭建新呆坐在那把屬於探病親屬的木椅上，始終沉默。于大雪早年離婚後與前妻已沒了情誼，跟了前妻的女兒也直到此刻收到訊息才答應過來奔喪。護士說于大雪一直艱難地維持著呼吸，直到聽見那句「老郭來了」才走，前後不過幾秒鐘。坐在那把木椅上，郭建新覺得自己慢慢變輕了，回憶的縫隙中每一個于大雪的身影都被宇宙收回了造物的魔盒中。過去四十七年的生活在此刻坍塌成一個點壓在他心口上，他好像一張被巨人踩在地面的紙，足夠輕盈，輕盈到可以飛起來，卻不得絲毫自由。

于大雪查出肺癌是五年前的事情，雖不是晚期卻也只剩些理論上的希望，所謂保守治療說白了就是等死。隨丈夫來北海做生意的妹妹說起她在這裡聽到的一個段子，說某個來履職的領導也有這病，繼任者們都等待他早日退位，誰知北海這地方的空氣或是對肺有養護的作用，那領導一幹就是八年，至今還活著。這種江湖傳聞各地都有，大多時候聽聽便罷，真信了它把于大雪一家接來北海，實屬絕望的選擇。

「我不同意！」郭建新對此事的意見非常堅定。「北京什麼地方？北海什麼地方？北京的醫療資源那兒能比嗎？因為一個酒局上吹牛的段子就要把老于接過去？不行！」

「我就問你他這個情況誰來照顧？北京是好，咱能用嗎？咱用得起嗎？咱是有錢還是有人？」于大雪的妹妹大聲吼道。

「去他媽的，老子來照顧！沒錢老子賺！沒關係老子找！休想接走！」郭建新堅決地說。

「我他媽還沒說話呢，你們吵個什麼勁兒？」于大雪從裡屋顫悠悠地出來調停。

于大雪最終還是隨妹妹去了北海，從此再也沒回過北京。郭建新面對這件事毫無辦法，遠遠不像童年那般去偷些吃的便能解決的。他和于大雪不過都是大地上最普通的人，口氣是不小，但面對命運時並沒有絲毫還手的能力。于大雪來到北海後，郭建新和他的聯繫驟然變淡，對話更多的人反而是于大雪的妹妹，總是旁敲側擊地問她關于于大雪的近況，卻一次都沒來看過他。老婆數次問他原因，他總是搪塞過去，閉口不談。後來問得多了終於開口，說自己始終不滿意于大雪去廣西這件事。但如果留下來又該怎麼辦？郭建新也說不出個所以然，直到有一天喝醉了才終於坦承是因為恐懼。恐懼什麼呢？還沒回答便已經醉倒。

于大雪的病情在北海還真有些好轉，甚至已經開始和鄰居打麻將，可以過上正常的生活。郭建新那段時間偶爾又在家裡哼起小調，老婆心裡也寬慰不少。沒承想于大雪不久前忽然又檢查出不知從何而來的敗血症，郭建新聽說後終於下決心來探病，誰知這病來勢兇猛，電話裡明明聽著還有些精神，轉眼間便不行了，探病竟變成了送行。

「你多等等不行嗎？你這不是折騰我嗎？你他媽癌症都快好了怎麼又得上這病了？你說你怎麼一輩子都這麼背？你……」郭建新伏在于大雪的身上，往日裡的肥肉與肌肉都已經無法觸控，隔著被子也只感覺到冷硬的骨骼。有好多話想說，但一句也說不出口。

「你真孫子。」窗外的潮聲淹沒了他最後的告白。

暮色下沉，于大雪的妹夫從合浦的珍珠廠趕回來一起辦手續，郭建新這才想起來已經一天沒吃飯。

「街邊隨便吃碗麵吧。」郭建新說。

「麵不好找，吃粉吧。」于大雪的妹妹說。

「一碗麵都找不到嗎？」郭建新在病房裡面對于大雪的遺體都不曾流淚，此刻卻突然哭了。直到這一刻郭建新才明白過來于大雪終究是到了異鄉，任這裡風景如畫空氣清新，這都不是他于大雪的家。一生最愛吃麵的于大雪在這裡過得到底好嗎？郭建新可以斬釘截鐵地說，不太好。他太了解于大雪了，他是于大雪在這世上最後的發言人。

三

「後悔不？」王也慶喝下一口酒問郭建新。

「後悔啥？」郭建新抬頭看著他。

「你這兄弟臨走前這幾年你都不帶和人聯繫的，人心裡指不定有多難受。」王也慶說。

「不至於的。」郭建新轉過頭去。

這是郭建新和王也慶第三次喝酒，還是在王也慶的小院裡。那三隻鵝已經接受了郭建新而不再吵鬧，尤其是被他搶回來的一萬，時不時還上前來蹭他。這次郭建新沒開車，是坐地鐵轉公交再轉黑車來的，顯然是做好了喝多的準備。他把于大雪的事情講給了王也慶聽，自認是倒楣蛋子的王也慶聽到于大雪的故事也只能甘拜下風，連他那刀子嘴的媳婦也在一旁時不時發出「哎喲」、「怎麼會這樣」的感嘆。

「郭叔，我聽我爸說了，這一杯謝謝你把一萬和三筒給救回來。」第五次喝酒恰逢王也慶的兒子回家休假，也一同加入了進來。

「你女兒多大來著?」王也慶悄聲問郭建新。

「滾一邊去，人都在備孕了，少打主意。」郭建新藉著酒意笑罵道。

「喲!那你到時候可要記得請我啊。」王也慶用極小的聲音說，怕被媳婦聽見，「我給包個大的!」

「還真是會照鏡子嘿!有意思!」記不清是第幾次喝酒，郭建新在老婆的攛掇下終於把王也慶邀請到了自己家裡。郭建新很久沒帶朋友回來喝酒，老婆暗喜著忙裡忙外地張羅晚飯，王也慶和郭建新則在院子裡逗鵝。「這是為什麼?臭美嗎?」王也慶被那鵝的行為逗樂了。

「誰也不知道，就它知道。」郭建新像個要求孩子在親戚面前表演節目的老父親，美滋滋地在一旁笑著。

「你都不知道?」王也慶問。

「不知道。」郭建新回答。

但在四個小時後郭建新又喝醉了，他說:「我其實知道。」

郭建新拿出手機開啟相簿給王也慶看。「以前有兩隻鵝，一隻是老于的鵝，一隻是我的鵝。」「但是呢，有一隻死了。」往後再翻，照片裡的鵝忽然就從兩隻變成了一隻。

「哎喲！」王也慶惋惜。

那鵝是三年前死的，死因至今還是個謎，或是壽終正寢，或是得了什麼怪病。它伸長了脖子倒在院子的角落裡，它的同伴蹲坐在它身前不遠處「嘎嘎」地叫著。鵝的叫聲本就有些刺耳，那日的聲音裡還多出一根極具悲痛的針，穿刺進聞者的鼓膜裡，直達頭腦深處。

帶屍體去獸醫院檢查或能確定死因，如果真是什麼病症也好為活下來的做預防。但郭建新回家目睹這一幕時整個人腦子都亂掉了，作為男性他覺得自己該鎮定，但一股沉悶的氣憋住了他，讓他無法思考。他不願讓家人看見這一幕，慌亂地抱起屍體就出了門。那鵝被迅速地埋在村邊的一棵樹下，那棵樹正對著小河溝，是兩隻鵝最愛的玩耍之地。一身大汗，土已經夯實，郭建新甚至都沒有一次正式的告別。三個月後，家裡人都已慢慢接受了這件事，郭建新第一次發現了在院門口對著車門矗立的另一隻鵝。

「你們都說我不和老于聯繫，我其實也有聯繫的。」郭建新開啟自己和于大雪的微信聊天頁面，過去幾年的聊天記錄完整地儲存著，一大半都是圖片。這次連郭建新的老婆也湊上來看，顯然她從前並不知道這件事。

郭建新每隔幾日就發一張鵝的照片，于大雪的回覆也總是簡單，「帥」、「太肥了」、「好看」、「少吃點」，幾年來甚至還有不少重複的回覆。翻回到三年前的聊天，郭建新對于大雪說「我那鵝死了，不知道怎麼回事」，于大雪沒有後續回覆，想必是直接打來了電話。

「老郭！你不是說死的是于大雪的鵝嗎？」老婆看見後在一旁驚呼。

「是不是不願意讓他知道？」王也慶思考了半晌說。

郭建新沒說話，似乎是又陷入了那些聊天記錄中，一條一條慢慢地翻閱著。

「老王，我們這倆鵝和你的鵝不一樣。」郭建新緩緩開了口。

「它們吧，都是公的，一邊兒大，沒什麼花紋，沒什麼特點。坦白說我和老于養了二十多年也沒認清楚它們。那我們怎麼區分呢？就是這倆鵝總有一隻在前面，一隻在後面。在前面那只是我的鵝，在後面那只是他的鵝。一直以來就這麼區分的，也沒想過做什麼記號，好像覺得一輩子都能這麼區分。」

「那天我回家以後直接就蒙了，我尋思這他媽到底死的是哪一隻鵝？就剩下一隻鵝了，這隻鵝是在前面的那隻還是在後面的那隻？完全分不出來。我叫『于的鵝』，那鵝就衝我過來了，我心想老于的鵝活著，死的就是我那隻，誰知道我叫『郭的鵝』，那鵝還是衝我過來。」

「所以你們知道我當時面臨什麼情況嗎？你們都無法想像，真的。」

「那個情況就是——我說是誰死了，就是誰死了。」

「所以……」郭建新指著老婆，「我跟咱家說是老于的鵝死了，跟老于說是咱家的鵝死了。」郭建新老婆在一旁瞪大了眼睛，一時不知如何回應。

「我原本還想這能行嗎？結果你看你們誰都沒發現，于大雪直到死了都沒發現。」

「按理說，這鵝都二十多了，瞧它兄弟那樣也不是個長壽的命，沒幾年了，其實不必再找個伴。」

「但我發現它照鏡子這個事情吧，好像也不是像咱以為的是因為什麼自戀，我懷疑它也不知道自己到底是誰，到底是走在前面的我的鵝，還是走在後面的老于的鵝。」

「所以我尋思再弄一隻回來吧，也許再來一隻它就能知道了。我也能知道了。」

王也慶和郭建新的老婆一同看向了院子裡的鵝，那鵝仍在照著鏡子，時不時用喙輕啄鏡面，發出「嗒嗒」的聲音。一隻生命將盡的鵝真的能認出自己的長相嗎？如果能……如果不能……它在鏡中痴覓的究竟是什麼？它保持沉默，無意回答。

「你早說啊，老郭！我回頭把一萬弄過來跟它處處，要是能處好我就給你了，反正我也還有兩隻。」王也慶端起酒杯對郭建新說，說罷便要飲下，郭建新一把按住了王也慶的手。

「我先乾。」他說。

月光如水，浸潤著院子裡那隻鵝的白羽，清風拂過遠處的河溝捲起似有似無的聲響，傳入一雙酒醉的耳朵，好似遠方的潮水。

沒有光的房間

蘇梅小時候在山裡生活，她喜歡在傍晚時分看天，隨著日色與夜色的浮沉，繁星一點點湧現出清晰的輪廓。她似乎從小就知道這樣的道理：那些發出微光的東西會隱遁於白日中，非得等到一切都暗了，才能被人看見。

十幾歲進城，到現在已經二十多年，蘇梅遇見的人比星星還多，多到眼花撩亂，多到常常忘記自己忘掉了誰。但她一生都不會忘記張井禾。第一次見到張井禾時，他在十八樓的視窗對蘇梅揮手。

「這家男主人可真傻。」蘇梅心想，「就這麼揮手，誰知道你在哪一戶呢？」

在張井禾家裡，蘇梅是個乙方，負責打掃環境和做飯。

張井禾從前和蘇梅的交流很少，工錢和生活上的瑣事一般都是女主人做決定。蘇梅

見證了張氏夫婦從新婚燕爾到分道揚鑣，或許她是第一個意識到這段婚姻要破裂的人，比兩個當事人還要早。也正如蘇梅所預料的一樣，張井禾離婚後便辭退了她，他說一個人過日子也沒什麼需要打理的，不必再請阿姨了。

原本以為與這個家的緣分就此結束，誰知過了一年多蘇梅又接到張井禾的電話，客客氣氣地把她請了回來。不僅請回來，還把她從兼職變成了全職。張井禾是個做廣告的，平日裡雖然沉悶，真說起話來是一套又一套，說什麼蘇梅是他唯一信任的人，對家裡也熟悉，家門的密碼也能放心交給她。蘇梅說不過他，加之價錢也出得慷慨，便同意回來，還因此推掉了另外幾家工作。蘇梅起初猜測張井禾是不是有了新歡？或許新歡是個要求家裡整潔乾淨的人？或許這次終於下決心要了孩子？但回來後才發現自己猜錯了，張井禾依然獨居，他身上是有些變化的，卻也說不上變在了哪裡。

張井禾要求蘇梅每天早上來晚上走，可他自己白天都在上班，這房子的主人反倒像是蘇梅；他要蘇梅按時做飯，自己卻很少能按時回家，大部分時候飯都被蘇梅自己吃掉，剩下的放進冰箱成了消夜或第二天的早飯；他的話比從前更少了，一回家就待在一個沒有光的房間裡玩手機——誠如他辭退蘇梅時所說的，家裡的大部分地方都因為這種靜態的生活而沒什麼整理和打掃的必要。那他為什麼請蘇梅回來呢？為什麼還要她每天都來打掃、做飯呢？蘇梅也不小了，身上的女性氣息早被並不輕鬆的生活洗淨，總不會是因為寂寞吧？蘇梅又試著猜張井禾的心思。她學了幾個從前女主人常做的菜，也沒得到什麼回饋。

蘇梅覺得這一切都和那個沒有光的房間有關。

她自認為對這個家是十分熟悉的，但這次回來，發現那個房間像是憑空從屋子里長出來的一樣。其實這幢樓裡每一個西南角的邊戶都有這麼一間房間——夾在客廳和主臥之間，不算大，沒有窗子，陰暗，沉悶。這房間以前被張井禾兩口子用作儲物間，各類雜物堆到寸步難行，每次找東西都要吸著氣從縫隙裡擠進去。即便是蘇梅這樣善於打掃、整理的人，也只看一眼便被勸退。女主人也見不得糟亂如此的景象，從來都把那扇門關著。

如今那房間空了出來，張井禾把它簡單布置了一下，放了張小沙發，沙發上鋪著毯子。那些關於婚姻和生活的、如山一般繁雜瑣碎的對象好像變魔術一樣地消失掉，變成一個全新的、幾乎從來沒有存在過的房間。

那房間的燈很多年前就壞了，張井禾換了好幾種不同的燈泡都沒辦法讓它亮起來——節能的、不節能的、球形的、螺紋的、暖光的、冷光的……總之是無論如何都點不亮它，家裡的電路也查不出問題，最後終於放棄。現在張井禾習慣了在那個房間裡安靜地待著，回家就直接走入那片陰影之中，任蘇梅再大聲地和他說話他也沒什麼反應。當他要打電話或者聊工作時會從房間裡出來，到小陽臺上抽菸，或坐在沙發上、飯桌旁。這時的張井禾似乎又和從前沒什麼不同了，才華飛揚地聊著創意和專案，對領導應對自如，對下屬指點江山。掛了電話，張井禾又會回到那個房間裡，像一隻剛剛還發出尖銳叫聲的雛鳥被扔進空曠的山谷，人們猜測它或許還活著，但沒有絲毫的聲響，只有寂靜。

「我記得你弟弟也是四二的腳？這個你拿去給他穿穿看。」這是張井禾第一次給蘇梅拿東西。

這雙鞋蘇梅見過，從前被壓在那個沒有光的房間的某個角落裡，據女主人說是張井禾衝動消費的結果。大紅色的鞋面下是淡黃色的鞋底，實在過於閃亮，張井禾為了「顯得年輕些」買回來，一次都沒穿過。可能因為價格不菲也捨不得扔掉，一放就放了好幾年。蘇梅把鞋子帶了回去，可惜弟弟也嫌這顏色太豔俗，即便知道是名牌也不願穿出門去。

「怎麼樣？我們弟弟喜歡嗎？」張井禾問。

「喜歡著呢！天天穿！」蘇梅如是說。不然呢？總不能說這鞋不過是換了個地方積灰。

「嘿！識貨！」張井禾笑了起來。

從那天起，張井禾總是送蘇梅東西。

張井禾平時要上班，週末沒什麼應酬時就喜歡收拾屋子，每次都能收拾出大包雜物來任蘇梅挑選，蘇梅實在不願意挑的時候就硬塞幾件給她。家就是個這麼奇怪的地方，每次收拾都能找出些新的舊玩意兒，每次總以為濾淨了生活的殘渣，下次卻還能再淘出些什麼。男士的衣物和鞋子都給了蘇梅的弟弟，前妻留下的便給蘇梅拿去穿——雖然蘇梅大部分都穿不進去；還有些保養用的就給蘇梅的父母，其中最昂貴的要屬一臺精美的艾灸按摩器，張井禾怕蘇梅父母捨不得買消耗用的艾餅，還專門從網上買了一大箱直接發到了蘇梅老家。

再到後來，蘇梅打掃環境也束手束腳起來，但凡她盯著什麼東西看一會兒，或拿在手上把玩，張井禾未來定會把這東西包好了送給她。起初蘇梅還真心道謝，後來心裡也有些不快——「你當我是收破爛的呢？」她心裡如此想著。但她也沒辦法去說什麼，因為張井禾還在不斷地送東西給其他人。上好的袖釦和領帶都送給了公司裡的小夥子；年會抽獎拿回來的平板電腦直接寄給了老同學當作孩子的生日禮物；離婚時堅持要留下的一幅油畫又寄回給了已經回到老家的前妻；快遞員也不放過，硬塞給別人兩雙皮手套。蘇梅和樓裡的快遞員很熟悉，連他也小聲問：「你們這是要移民了？」

蘇梅起初也沒有太在意，畢竟張井禾送的東西都是牌子貨，就算是折價賣掉也是筆不小的數目。「城裡人，錢多了就這樣。」每當蘇梅的弟弟翻看起姐姐今天又拿回來些什麼時，蘇梅都如此總結。

是從什麼時候開始意識到不太對勁的呢？蘇梅也說不上來，總之就是源於生活裡那些微小的響動。水冷亦是鴨先知，如果張井禾的生活是一汪孤獨的水，蘇梅就是那水裡僅剩的一隻鴨。

比如，有這麼一個綠色的硬紙盒子，中號花盆大小，是女主人曾經買化妝品留下來的。這盒子總是出現在餐邊櫃的臺子上，特別礙眼。蘇梅問張井禾裡面放了什麼，張井禾說也沒什麼要緊的東西，你收起來吧。可每當蘇梅把這盒子收起來，第二天保準又會出現在原來的位置上。蘇梅悄悄開啟盒蓋縫隙看了一眼，裡面放著些檔案，最上面是一本護照。蘇梅再問，張井禾又說：「哦！那行，你收起來吧。」蘇梅再收起來，第二天那盒子依然像燕子歸巢一樣回到原位。

如此往復，蘇梅逐漸也就懶得再管那個盒子，索性讓它留在餐邊櫃上。

「蘇梅，我備用車鑰匙在哪裡？」張井禾的聲音從那個沒有光的房間裡傳來。

「鞋櫃右邊往下第三個抽屜。」蘇梅不耐煩地說。

「哦，好。」

張井禾也不知什麼時候養成了這麼一個臭毛病：總是問蘇梅一件東西在哪裡，等蘇梅回答了他，他又好像完全沒有要去使用那件東西的意思。

「蘇梅，我媽來北京看病的病歷在哪裡？」

「蘇梅，我結婚戒指在哪裡？」

「蘇梅，我老闆送我的那塊錶在哪裡？」

「蘇梅，我那個裝舊手機的袋子在哪裡？」

…………

「蘇梅，我備用車鑰匙在哪裡？」

一個循環結束，往往還要重新問起，好像他的目的並不是尋找這些東西，而是在對蘇梅進行考核，看她是不是一個合格的阿姨，對家裡的情況是否有完全的掌握。

「鞋櫃右邊往下第三個抽屜！」蘇梅氣呼呼地站在房門口，房間裡的張井禾蜷在小沙發上玩著魔術方塊，一雙眼睛莫名地看著蘇梅，彷彿他並不知道蘇梅為什麼要忽然說出「鞋櫃右邊往下第三個抽屜」這樣的話。

蘇梅忽然發現，張井禾瘦了，像一盆乾癟的花。

是因為失眠嗎？張井禾失眠的問題由來已久，安眠藥、褪黑素換著花樣吃，始終不見效果。蘇梅以前曾很多次在清晨的小區裡遇見張井禾在散步，一直以為他是晨練，後來才聽女主人說他那是一夜沒睡。很多年過去了，難道這失眠的毛病還沒好轉？好像是的。張井禾也很久沒提起老陳、老呂那幾個要好的哥們兒了，好像是的。他很久沒有買那家他喜歡吃的燒雞了，仔細回想也很久沒有對蘇梅提要求說想吃哪道菜了，好像是的。人們都在討論的那些熱映的電影他都還沒有看過，他曾經熱衷於研究綜藝節目裡插播的廣告，可那臺七十寸的電視已經很久沒開啟過了，好像是的。

好像是的，張井禾不太對勁。

「井禾最近狀態不是很好。」蘇梅悄悄發了訊息給從前的女主人。

「哦？是嗎？他怎麼了啊？」那邊回過來一條語音，背景裡全是嘈雜的聊天聲。蘇梅耐著性子把自己對張井禾的觀察都發了過去，那邊卻就此沒了音信。蘇梅知道她一定是和那個小白臉兒在一起。果然，直到第二天早上才收到另一條回覆：「你還不知道他嗎？他就這樣。」

這樣的廢話說了等於沒說，如果一定要說蘇梅從中獲得了什麼訊息，也只是一個她早就知道的事實：她不愛他了。

「蘇梅，我是不是還有條寶藍色的圍巾在衣櫃裡？你跟他說可別給我送人了，寄給我吧。」

蘇梅回她「沒找到，應該是你帶走了」，後來到衣櫃裡找出來那條圍巾，剪碎了，下樓時扔進了垃圾桶。

蘇梅和張井禾毫無血緣關係，或許勉強算有些感情，也頂多是甲方和乙方的感情。但以如此方式緊密相處的人，多少都會被對方影響。蘇梅每天都要面對的這個張井禾，無論坐在哪裡，都宛如一尊不動如山的黑佛，像一團籠罩在這個家的天空上的、吹不散的烏雲。蘇梅也開始感到憋悶，彷彿張井禾身上的低氣壓也傳染給了她。

所以當張井禾提出要請人來家裡吃飯時，蘇梅比張井禾還要興奮。她一大早就去菜市買菜，備上了幾個拿手菜，回家就開窗通風，把屋子收拾一新，還自掏腰包買了一把花。張井禾一再叮囑蘇梅「弄好一點」，她還以為對方是個女人，特意把皺巴巴的舊床單也換成了剛洗好的，卻沒想到是個男的。

那男人的名字蘇梅常聽張井禾在打電話時提到，是張井禾很倚重的一位下屬，算是嫡系徒弟。果然談吐舉止都不錯，還連連稱讚蘇梅的手藝，做廣告的人嘴裡都有蜜，說得蘇梅喜笑顏開。「你張哥最近工作壓力大，你平時多和他吃吃飯、喝喝酒！」蘇梅也難得做了一次越界的發言，張井禾在一旁笑呵呵地正聊得高興，也沒說她什麼。張井禾和徒弟聊了一會兒家常，飯後轉移到了客廳吃水果，等蘇梅洗完了碗已經聊上了工作。張井禾從那個沒有光的房間裡拿出一大包檔案來——這看得蘇梅一臉疑惑，也不知道那個房間裡到底在哪兒藏著這麼一大包東西。張井禾語重心長地說起這些檔案，是自己入行以來所有專案的留底記錄，作為師父，他今天準備正式把它們交給自己最信賴的徒弟。

按照電視劇裡的說法，這算是把畢生功力都傳給了徒弟，禮不輕，情義更重。徒弟眼圈都紅了，發著毒誓說絕不辜負Jonny哥（蘇梅總是聽成張哥）的栽培。張井禾反倒是一臉鎮靜，一副領導的模樣，拍著他肩膀說：「好好幹，我這位子遲早是你的！」

徒弟走了，蘇梅把家裡收拾乾淨也準備回家。

「怎麼樣？還不錯吧？」張井禾從那個沒有光的房間裡出來，倚在牆邊問蘇梅。

「什麼不錯？」蘇梅不知道他指的是什麼。

「我這徒弟，看著還行？」張井禾補充道。

「你教出來的能不行嗎？挺好的！人挺真誠，不是那種油滑的。」蘇梅說。

「嗯，現在的年輕人浮躁，能沉住氣的不多。我選了很久，就是他了，我打算以後讓他坐我的位子。」張井禾自言自語地說著。

「你呢？你要升官了？」蘇梅笑著問，張井禾沒有回答。

「蘇梅，我備用車鑰匙在哪裡？」沒過多久，張井禾的聲音從那個房間裡傳來。

要如何才能明白、才能理解這樣的一個張井禾？或許需要一個足夠細膩的人吧？或許需要一個足夠關注、愛惜他的人吧？總之無論如何也輪不到蘇梅。那麼到底是誰選擇了她？是張井禾嗎？還是生活本身？沒人說得上來。

張井禾有祕密，這祕密他瞞住了家人，瞞住了朋友和同事，卻沒瞞住蘇梅。

這天，張井禾不在家，出差去了。

這次出差有些奇怪，頭天吃晚飯時還沒聽他說起，到了凌晨四點卻發訊息說早上要走，叫蘇梅別來了。蘇梅是醒來後才看到訊息的，她想起來冰箱裡還剩幾個奄奄一息的橙子，再不處理就該長毛了，還有剛換下來的被罩，索性洗完了趁他不在時搭在客廳裡晾乾。於是她還是去了張井禾家一趟，到家時，張井禾已經離開了。

張井禾發來的訊息裡說要出差半個月，可蘇梅怎麼也看不出他到底帶走了哪個箱子，所有的行李箱都還整齊地碼在陽臺的角落裡。說是去談專案，蘇梅收衣服時卻發現他穿走的是一套運動服，衣櫃裡那一套講標專用的西裝（另兩套已經送人了）還安靜地掛在原處。鞋櫃上的口腔噴霧也沒帶走。張井禾常年抽菸，加上腸胃不太好，有很重的口氣，這噴霧是張井禾不管去哪裡工作都要隨身攜帶的。

即使再木訥的人也該有所察覺，這屋裡瀰漫著一聲聲無言的呼喚，在某個黯淡的角落裡，正發出著一些細如毛髮的光。

這個沒有光的房間蘇梅每天都收拾，但從未像今天這樣審視過它。「啪啪」撥弄了兩下開關，燈是壞的。牆櫃都是嵌入式，裝修時就直接做進了牆面裡，以前用來擺女主人的鞋包，後來擺著張井禾做過的專案產品。「這櫃子裡的東西被張井禾送來送去，是越來越空了。」蘇梅心想。小沙發擺在牆櫃的對面，是張井禾在這房間裡的「寶座」——米黃色的布藝沙發，看起來也不貴，張井禾在家的時間裡有一大半都在這張沙發上度過，屁股經常摩擦的地方都已經翻毛、起球。這房間不通風，沙發上的小毯子蘇梅每週都洗，依然散發出一股濃重的、只屬於張井禾的味道。一根很長的充電線在那毯子上像一條蛇一樣盤踞著，另一頭連在沙發邊的插座上。

蘇梅第一次坐在這沙發上，果然很舒服，那坐墊已經被張井禾坐出一個凹陷的坑來，彷彿像個有引力的洞一般把人吸附在上面。張井禾平時就是這樣的吧？他到底怎麼了？確實瘦了不少，不會是得什麼了不得的絕症了吧？

起身時，蘇梅聽到了「吱」的一聲，這聲音很輕，家裡但凡再多出一個人的呼吸聲都無法聽見。她抬起沙發的坐墊，又抬起坐墊下的木板，原來這沙發坐墊下面還有一個儲物的空間——給徒弟的一大包檔案原來是放在這裡的吧，蘇梅明白了。

裡面放著三個綠色的硬紙殼盒子，依然是前妻的化妝品盒，和放在餐邊櫃上的盒子一樣。蘇梅剛伸手去拿才發現上面全是灰塵，便順手找出吸塵器和抹布先清理了一遍。蘇梅一直算是個本分的人，但她今天打算開啟那些盒子。

第一個盒子裡塞滿了紅包，紅包裡都裝著錢。蘇梅記得張井禾說過，和前妻結婚時收了數目不菲的紅包，不會是它們吧？蘇梅小心地抽出來一個，上面寫著「恭喜圓圓成為一名小學生，好好學習，天天快樂！」——原來是張井禾打算送給別人的紅包。蘇梅知道圓圓是張井禾的姪女，但她今年剛滿四歲，離上小學還有兩年。再抽出幾個來，都是類似的內容，「熱烈祝賀陳局煥發第二春！」——這人蘇梅也知道，是張井禾一個離了婚的好朋友，現在還單著；「勁帆，有你接班，吾心甚慰！」——這是前段時間來家裡吃飯的徒弟。最讓蘇梅動容的是那個最厚的紅包，少說也有一萬塊。紅包雖厚，祝福的語言卻很簡單：「莉莉，恭喜你終於成了偉大的母親！」

蘇梅苦笑了一聲，想起來前幾天自己剪碎扔掉的那條圍巾。莉莉是張井禾的前妻，她現在有孩子了嗎？蘇梅不知道，也沒興趣知道。

第二個盒子裡全是藥，一板又一板地擠在一起，五花八門的，少說也有七八種，為了便於收納都已經被拆掉了外殼。這些藥蘇梅從未在家裡見過：「蘿拉西泮」、「鹽酸舍曲林」、「馬來酸氟伏沙明」……名字一個比一個奇異，蘇梅即便是默唸也唸到腦子打結。這是為了睡覺新買的藥嗎？有效果嗎？

開啟第三個盒子，裡面有三張折起來的紙。第一張紙開啟時蘇梅嚇了一跳——開頭竟然寫著：「蘇梅，很抱歉……」看起來那本該是一封寫給蘇梅的信，但只有開頭的半句話，剩下的空空如也，似乎是還沒想好要寫什麼。蘇梅感到有些害怕了，又開啟了第二張紙，這也是一封信，抬頭是：「莉莉，很抱歉要讓你承擔這些……」蘇梅看完了全文直冒冷汗，這是一封遺書。遺書的語氣看起來很平靜，主要的內容是交代後事，反覆說「對不起，我要走了」，卻隻字不提為何要「走」。

翻開第三張紙，上面記錄著張井禾從蘋果商店到股票帳號的所有使用者名稱和密碼。

蘇梅嚇壞了，唯一讓她勉強感到安慰的是那封遺書的落款日期——五年前。

張井禾那時還沒有離婚，蘇梅也沒有被辭退。蘇梅拚了命地回想那段日子裡都發生過什麼足以讓張井禾寫下這封遺書的事情，回想起來的卻只有如微風一般的、溫順的生活。蹲了太久，站起身時有些大腦缺血，一陣眩暈。忽然間，蘇梅意識到一件事，這件事讓她感到如臨深淵般的恐懼。

她忽然意識到，如果張井禾此刻不在了，她幾乎可以料理關於張井禾的一切後事——他家門的密碼、他的車、他媽媽的病歷、他那些保值的奢侈品……這些東西已經根植在蘇梅的腦中，如那些曾經日復一日撥打過的電話號碼一般，要伴隨她一生。

蘇梅顫抖著拿出手機打給張井禾，張井禾沒接。掛掉電話後蘇梅發現在通訊錄裡「張井禾」的名字下面不知何時多出了一個名字：張井禾媽媽。這電話是什麼時候有的呢？好像就是前兩天，張井禾說找不到手機了，拿蘇梅的手機說要給自己打電話。

蘇梅想起來那個餐邊櫃上的盒子，趕忙衝過去把它開啟——最上面是張井禾的護照，護照下面壓著他買過的各類保險、公司的專案合約、社保數據、房本。裡面還有一個小卡包，每一張卡上都貼著小紙條，上面寫著一組數字。

在盒子的最下面，是一本北京安定醫院的病歷，首診的時間是四年前。

這病歷裡蘇梅能看明白的東西不多，但「重度憂鬱」、「嚴重自殺傾向」卻不斷重複地出現在每一個角落。

蘇梅喝下三大杯水，還是無法平靜。

她一遍一遍地重撥著張井禾的電話，依然沒人接。他日復一日地把這個盒子擺在家裡最顯眼的地方，到底是為什麼？

仔細想了想，蘇梅給張井禾發了一條微信：「樓下的說我們家漏水了。」

兩分鐘後張井禾就回了訊息：「剛沒看手機，打電話是這個事情？嚴重嗎？」

「他們說有點嚴重，他們先自己處理一下。」蘇梅說。

「好，我明天回來。」又過了兩分鐘，張井禾如此回覆。

昨天晚上說要出差半個月，現在說明天回來，他到底去了哪裡？到底想要幹什麼？

蘇梅忍不住地去想，但又根本不想知道答案。

「那我明天做飯嗎？」

「做。」

張井禾信守承諾，第二天中午就回到了家。

「樓下怎麼說？」張井禾直接進了廚房，問正在洗菜的蘇梅。

「你回來之前他們剛剛過來說是暖氣閥裡漏水，不是我們家的問題。」蘇梅不敢抬頭看張井禾，好在他也沒說什麼，只是「哦」了一聲，又回到了那個沒有光的房間裡。「蘇梅，家裡的水電卡在哪裡？」張井禾的聲音從那個房間裡傳來。

「我知道在哪裡。」蘇梅這次是如此回答的。

晚餐也吃得沉默，蘇梅好幾次想說點什麼，都不知道該如何開口。

「蘇梅，我看你狀態不太好，是不是有什麼事？」倒是張井禾先關心起她來。蘇梅被他這麼一問還不知道該怎麼回應，「哦，也沒什麼，就是……我弟弟。」蘇梅慌亂地應付著。

「弟弟怎麼了？沒事，你跟我也別見外，有困難我幫你想辦法。」張井禾抬頭看著蘇梅，蘇梅的眼神無處閃躲，一時間也不知道怎麼把話圓過去。

「唉。」蘇梅嘆了口氣，「我覺得我弟弟最近不太對勁。」

「是不是壓力太大了？他們這種高空作業的工作確實容易壓力大，實在不行轉銷售呢？也不小了，老爬那麼高裝空調外機也不是個事兒。」張井禾似乎沒意識到這是蘇梅情急之下編出來的故事，還在認真地關心著。

「其實我也不知道怎麼回事，他就是……不太對勁。」

「你說說看，我給你參謀參謀。」

「他吧，從前段時間開始，忽然對什麼事情都沒興趣了，一回家就把自己關在……」蘇梅本想說「把自己關在一個房間裡」，卻忽然想起來自己和弟弟住的地方是個大開間，根本沒房間可關，趕緊改了口，「……就窩在沙發上……跟他說話也不搭理人，以前喜歡上網下五子棋，現在也不下了，以前喜歡吃樓下那家安徽板面，現在也不吃了，就一個人在沙發上悶著，電視也不看，充了好多錢的那個『消消樂』遊戲也不打，整夜整夜地睡不著。」

蘇梅一邊說一邊瞄著張井禾的表情，張井禾認真地聽著，在中間某處他整個人忽然停滯了一秒鐘，又繼續嚼起飯菜。

「那你弟弟……他有沒有跟你說過什麼，這個……喪氣的話？」張井禾小心地問她。

「他經常說在這邊打工沒意思，又累又不賺錢，還不如回老家。但山裡更落後，要說種田也是真的不會種了，就算回去也不知道能做些什麼。好像整個人都被社會拋棄了，要不是因為還有媳婦、孩子，乾脆死了算了。」蘇梅這故事原本是編的，誰知說著說著還說出些真情實感，沒忍住，眼圈紅了。

「蘇梅，要引起重視啊。」張井禾遞給蘇梅一張紙巾，很認真地看著她說。

「他瘦了好多，我擔心他是不是生病了……」弟弟其實並沒有瘦，這句話依然是蘇梅編的，但蘇梅說罷竟一發不可收拾地大哭起來，甚至把她自己都嚇到了。雖然在張井禾家幹了這麼多年，但畢竟男女有別，蘇梅和張井禾從未有過任何肢體接觸，這時張井禾卻起身走到了蘇梅的背後，拍了拍她的後頸。

「蘇梅，我明白的。你現在壓力肯定很大，你辛苦了。」張井禾輕輕地說。

「你說，我能為他做點什麼？」蘇梅緩過勁來，又問張井禾。

張井禾陷入了長久的沉默，最後說：「人都不傻，自己要是有什麼問題，自己一定是知道的。你就陪著他，陪著他就夠了。」張井禾認真地看著蘇梅的眼睛，蘇梅看見了他眼底淡淡的光。

「只是陪著，真的可以嗎？」蘇梅問，張井禾沒有回答。

「要不我和他聊聊？」蘇梅追問道。

「我不知道你弟弟是什麼樣的人，蘇梅。但有些人天生可能就不喜歡聊自己的事情，尤其是男人。一個人要是不願意聊、不願意面對一些事情，你就不要強迫他。」張井禾說。

「就陪著？」蘇梅問。

「對，就陪著。」張井禾堅定地說，「你要相信他。」

生活歸於平靜，好像雨後的湖面，看起來和從前無異，裡面的水卻變得複雜了。

也不知道從什麼時候開始，每當張井禾舒服地躺在那個沒有光的房間裡，蘇梅就拖著掃帚進來說要打掃，把他趕去客廳；家裡的窗簾總被她拉得大開，還破天荒地說要把窗簾全部拆下來送洗；以前每三個月才擦一次窗子，如今卻週週都擦。總之這家裡再也沒有門窗緊閉的日子，時刻都有陽光從不同的角度照進來，遇到陰雨、霧霾天時，家裡所有的燈都被蘇梅開啟。

雖然不知道蘇梅是什麼星座，但她似乎是遇上了什麼倒楣的運勢，一會兒痛風、一會兒崴腳，有事沒事就使喚張井禾去買菜，宛如這家裡的女主人。張井禾對此似乎也沒什麼意見，也樂於時不時地出門走走，還真像是從前聽老婆的話一樣聽著蘇梅的話。

這天，張井禾提前下班回家，撞見蘇梅的弟弟也在家裡。蘇梅愣了幾秒鐘，連忙說那個房間的燈總壞著也不是個事兒，乾脆讓弟弟來看看能不能把它一次性修好。

「哥，不是大毛病！你們修不好是屬於方向性錯誤，根本就不是燈泡的問題，也不是線路問題，是鎮流器壞了！」弟弟把燈拆了一半，卸下一個巴掌大小的塑膠盒子，自信滿滿地說著。「就是這個，但你家這型號不好買，你得上網看看，回頭把這兩根線接上相同顏色的接頭就沒問題了。」弟弟從天花板上牽出兩根電線，指著電線對張井禾說。

「好的，謝謝啊！那我買回來自己弄吧！」張井禾客氣地回應他。

「行，特別簡單的，哥，要是不會弄就讓我姐叫我過來！」弟弟咧開大嘴，憨憨地笑著。

張井禾執意留弟弟吃飯，卻隻字未提蘇梅說的關於弟弟的那些事，還說公司要搬家了，需要換一批空調，問弟弟現在的行情如何。

吃完飯弟弟先走了，蘇梅正在洗碗，張井禾忽然悄悄地走到了蘇梅身後。

「你弟弟胃口真好。」張井禾說。蘇梅聽見了，但不敢應聲。

「比我上次見他的時候胖了不少呢。」張井禾又說。蘇梅回過頭來，發現張井禾正似笑非笑地看著自己。

「蘇梅，謝謝你啊。」他說。

「沒什麼，小事情，那房間老黑著也不行。」蘇梅知道自己編的故事露餡了，還強撐著想把它圓回來。

張井禾擺了擺手，示意她不必再說下去。

「我不是說這個，蘇梅。我是說我那個小沙發下面積了好多灰，你搞得挺乾淨的。」

蘇梅一下子愣住了，想解釋幾句，卻不知如何開口。

「我那次出去……出差回來就看見了。還是你仔細，那麼黑的地方，邊邊角角都擦乾淨了，那幾個盒子也擦乾淨了。」張井禾的語氣平靜得有些讓人害怕，但似乎也正是這種平靜，讓蘇梅也平靜了下來。

「那你是真的去出差了嗎？」蘇梅終於把這個問題問了出來。

「真的假的你不都已經把我騙回來了嗎？我在業主群裡問過了，樓下他們……算了，不重要了。你把我騙回來我也該謝謝你。」

張井禾伸手關掉了蘇梅身側那個一直流著水的水龍頭，輕輕彈了彈手指上的水漬。

「那你還想……」蘇梅試著組織自己的語言。

「我那些東西你都看過了吧？」張井禾打斷了她，「你是要問我還想死嗎？想啊，蘇梅，我每天都想死。所以……」

「所以？」

「所以，也每天都想活。你理解嗎？蘇梅。」

「不是很理解。」

「這一秒想死，所以下一秒想活。你一定不理解什麼叫想活吧？你只是活著，理所當然地活著……」

張井禾望著廚房那扇狹小的窗外的天空，眼睛裡怔怔地流下兩行淚水。

「但我想，我怎麼也得等老陳再結一次婚，是吧?」張井禾強撐著擠出來一絲笑容。

「是這個病讓你想死?」蘇梅問他。

「可能也不是『想死』，只是活著太累了，不是嗎，蘇梅?太累了。」

「總有個什麼原因吧，要不好端端的……」

「別問我，我不知道，我也不想知道!」張井禾忽然大聲了起來，「我吃了這麼多年的藥，就因為不想知道。醫生說了，如果不想知道，就只能靠吃藥，我同意，我說可以多吃幾年藥，我已經盡力了……」

張井禾原本平靜的身體劇烈地顫抖起來，他一把抱住了蘇梅，似乎想借用她的身體來穩定住自己。但那顫抖越來越猛烈，帶著蘇梅的身體一起震動著，像是一聲聲沉重的心跳在撞擊她。

「我的生活，就是每天都準備去死，也每天都給自己找理由活下去。」張井禾顫抖的身軀裡發出了平靜的聲音。

「沒事的，沒事的……」蘇梅輕撫著張井禾的後背，全然不像是一個打掃環境的阿姨，也不像是張井禾的愛人，更像是一個撫慰著孩子的母親。

「我已經好多了，只是偶爾會有些嚴重，嚴重的時候真是一秒都不願意等……抱歉啊蘇梅，我原本想自己解決的，但我越來越信不過我自己了，只好把你找來看著我。」

張井禾放開了蘇梅，一把鼻涕和眼淚都擦在了袖口上，漸漸平復了情緒。

「你找我回來就因為這件事？」蘇梅問。

「嗯，是的。」

「為什麼是我？」

「你也算了解我的生活，你幫我想想，還能是誰呢？」

蘇梅被張井禾問住了——在張井禾的生活裡，除了她蘇梅，還能是誰呢？

「蘇梅，你見過溺水的人嗎？我就好像在大海中間溺水的人，我想活，但我已經快沒力氣了。繼續掙扎所帶來的痛苦，已經遠遠超出放棄掙扎被淹沒的那幾秒鐘，至少我是這麼認為的。而你呢？你像是一塊漂在海上的浮木，雖然你不能把我帶到陸地上去，但你可以託著我，可以讓我活著。」

張井禾被淚水浸潤過的眼裡散射出一股流光，來自他瞳孔深處那純黑色的裂隙之中。

蘇梅的腦海裡忽然回想起一個非常久遠的片段，大概是十年前的事情。那時蘇梅剛到張井禾家工作，那個沒有光的房間還緊鎖著門，張井禾夫妻的感情還甜蜜著。那是一個陽光明媚的下午，蘇梅在陽臺晾衣服，張井禾抱了一盆花出來。那盆花原本放在客廳的電視櫃上，或許因為照料不周，有些枯萎了。

「你是怎麼回事啊？怎麼弄成這樣了？」張井禾用幼稚的聲音對著那盆花說。

「你說他傻不傻？和一盆花說話。」莉莉在張井禾身後笑著對蘇梅說。蘇梅那時剛來工作不久，對於這樣親密的對話還不敢參與，沒有作聲。

「要我說，你們都太遲鈍。」張井禾兀自拿起水壺給花澆水，「別以為花不能出聲就是不會說話。」

「花也會不舒服，但是它又沒辦法告訴你。那怎麼辦呢？它就只能枯萎啦。它一枯萎，其實就是在說：『救我，救我！快給我澆水呀！快給我曬太陽呀！』」

這歪理把莉莉逗樂了，蘇梅也跟著笑起來。她心想，這家人還挺有趣的，感情也和睦，或許可以長久地在這裡幹下去吧。她轉頭看見張井禾仔細地梳理著那盆花的枝丫，他選了個陽光最好的角落，轉動花盆，把幾片瀕臨枯萎的葉子轉向面朝太陽的方向。

「沒事的，你會好起來的。我聽見了。」張井禾說。

蘇梅已經很久沒有回到山裡，很久沒有看到過山裡透亮的星空。城市的星空散布在樓宇中，那些從密布的小窗裡散發出的光，是生命存在的證據。

鐵蛋

強子高中畢業就離開了老家，成為一名北漂。雖然是幹保全的，但村裡的老鄉都覺得幹保全不丟人，只要在北京就是有出息。強子一度也這麼認為，只是隨著時間流逝他發現這座城市繁華的那一面從來都不屬於他，好像大樓裡那些風情萬種的女人，能看，卻不能摸。

直到去年，強子摸到了那一面。

強子叫鄭永強，去年是本命年，二十四歲。超市裡買的紅褲頭雖然廉價，卻也帶來了事業上的好運氣，強子終於更上一層樓，幹上了上等小區的保全。

那小區可氣派，強子上班第一天就先自拍了一張照片發到朋友圈，照片背景裡綠意盎然，花草樹木都有姿態，低矮的小樓高貴地錯落著，金屬路牌鑲嵌在大理石牆面裡，閃射著村裡人從未見過的光芒。村民強子身在其中，穿著嶄新的制服，連雜亂的鬍渣兒也顯得高級起來。

老家的母親拿這照片四處炫耀，引來了不少人加強子的微信。「我們家地皮扯了官司，你能找關係不？」有人如此問他。

還有人拿強子當榜樣，激勵不求上進的孩子們。刷手機的孩子們根本看不上保全這工作，父母指著強子的照片說：「保全怎麼了？行行出狀元，你看人家鄭家老二！」

保全隊長也看見了強子發的朋友圈，因此批評了強子。隊長說他太招搖，這麼拍照會洩露小區的機密。至於是什麼機密，隊長也說不上來。

隊長叫鄭有力，比強子大了七八歲。鄭有力經常主動為宿舍打掃環境，自己的衣服、襪子都自己洗，也從不讓強子他們小輩請他吃飯，比起強子以前經歷過的隊長來說，算是個好人。大家都叫他「鄭隊」，也因此而不敢管鄭永強這個同樣姓鄭的叫「小鄭」，不知哪個聰明人先喊了聲「強子」，便成了習慣。

小區裡大都是低樓層的小洋房，一梯一戶或兩戶。住戶不算多，地盤卻不小。在這裡巡邏要靠電瓶車，強子手上戴著一個環，每騎到一個指定的區域便要找到角落裡的訊號鎖，把手環靠上去，「叮」的一聲打卡，便算是證明自己來巡邏過。

強子過去沒什麼大成就，未來暫時還不敢去想，但此刻，他覺得還不錯。媽媽在電話裡問強子這份工作是否合意，他說簡直是太好了，至少比大姐在廣東的廠子裡強不少。這裡的制服比以前的都帥，關鍵是讓自己報尺碼，合身；管吃管住，電瓶車都是新的；夥食有兩份肉；連鞋子也是統一配發，不用自己買了，省錢。

廣闊的草叢中，棲息著幾隻野貓。強子覺得這些貓才是這小區裡最幸福的生命——自由，瀟灑，一分錢不花便能享受這座人類用財富堆積起來的樂園。年初，一部分業主投訴野貓叫春，物業讓保全驅趕。強子和幾個同事灰頭土臉地滿地抓貓，一隻沒抓到還蹭了一身泥。正氣急敗壞地準備上些手段，上面卻又通知他們行動取消。原來還有些業主熱衷於餵流浪貓，迅速展開行動阻止了物業的計畫。「趕貓派」認為就是因為這些餵貓的人過於「善良」，才導致流浪貓蓬勃生長起來，而「保貓派」則上升到生命權力和自由的高度，讓人難以辯駁。

聽說「趕貓派」和「保貓派」在業主微信群裡打了起來，戰況頗為慘烈，廣為流傳。保全們都好奇這幫成功人士到底是怎麼吵架的，具體都說些什麼，鄭隊搖頭說不知道。

大家又去問了幾個物業的小姑娘，也都沒人見過，原來大家都不在群裡。

唯獨那些野貓，它們毫不在意，也並沒有參與人類的爭執，最後卻能如願留下。

從那以後強子才開始注意到，小區裡原來真有許多餵流浪貓的人。他觀察了一下，大多是女性，一部分自己行動，一部分帶著孩子，大概是想要進行些關於愛護小動物的實踐教育。她們愛穿棉布質地的衣褲，步履緩慢，有人習慣在固定的地方放貓糧，有人更願意在不同的地方放罐頭。小區的保潔阿姨們常聚在一起吐槽那些罐頭，一方面放久了太臭招蒼蠅，另一方面還總藏在些隱祕的地方，不好找。其中一個阿姨不小心說了句「女人何苦為難女人」，被強子聽了回去學給其他人，一時間還成了宿舍裡的段子。「他們有錢人是沒地方發善心了，才喜歡搞這些事情」，有同事如此酸酸地說，是因為上網查到了那些貓罐頭的價格。

不管別人怎麼說，強子覺得這些人都很善良，至少都有善良的意圖。

「可別這麼直勾勾地看人家了。我們是保全，你有點保全的樣子！」鄭隊提醒強子。

「鄭隊，誤會了啊！我看她們餵貓呢。」

強子雖這麼說，心裡卻有些打鼓，因為其中確實是有這麼一個，怎麼說呢？很好看的人。那女人一副雍容模樣，或許保養得太好以至於難以判斷真實的年齡，約莫三四十歲。她習慣到小區北邊偏僻的樹叢裡放一些貓糧，偶爾和家人一起，大部分的時候都獨自一人。強子總想著，如果哪天能和她說上幾句話，那可真是太開心了。

可惜這樣的機會從來沒有出現過。倒是也遇見過幾回，可惜強子這樣的人在大部分的時候都像樹一樣——樹有生命，樹總是在那裡，但沒有人會和一棵樹打招呼。

一日，強子和鄭隊在小區外圍例行巡邏，見大理石圍牆下的草叢裡有些動靜，走過去，竟發現了一隻小狗。這小狗的樣子惹人喜愛，鄭隊一手抓起來，左右擺弄了一下，很熟練的樣子。

「喲！母的！也就一兩個月大，土狗，看這爪子，以後個頭兒可不小。」那小狗一身黑，毛不算長，尖嘴長尾大耳朵，灰頭土臉，卻又一副精神活潑的樣子。

「鄭隊，這都能看出來？」

「能啊！你不懂，狗爪子生下來大小就不變了，爪子多大，個頭兒多大。」

「小傢夥不錯，就是太瘦了，肯定是餓的。」鄭隊撫摩著小狗，比對強子他們溫柔多了。

鄭隊似乎很懂狗，至少是有強大的理論基礎。強子幾句馬屁拍過去鄭隊便樂呵呵地說起自己以前在城東的狗市幹過銷售，這方面自然不在話下。隨後又說後來因為自己有點太喜歡狗了，市場經濟水太深，自己順著良心幹了些不賺錢的事，因此得罪了老闆，只好轉換了職業方向。強子想問他到底幹了什麼，見鄭隊自己不說，也便忍住了。

「媽的，不提以前了。來！你抱抱。」鄭隊把狗放到強子的懷裡，那狗輕輕舔了一下強子的手，強子感到一陣酥麻，快融化了。

「你說我們那兒能養下嗎？」鄭隊看著那狗，自言自語地說著。

「鄭隊，咱為什麼要養牠？」

「你可真逗，你媽為什麼要養你？你懂一兩個月大的狗是什麼概念？不養就死了！」

「那聽你的，養！小區裡有那麼多遛狗的人，還有那麼多貓呢，多一條狗不是啥大事情吧？」強子一邊說話一邊輕撫著小狗的身體。

「我想想，我們這個……畢竟身分不一樣。」鄭隊沉思著，「算了，管球呢，這也是緣分。總不能餓死吧？有問題再說。」

回去的路上還是強子騎車，鄭隊在後面抱著狗，不過幾分鐘的路程，卻已經儼然把這狗當成了寶，捧在手上，不讓它受一點顛簸。經此一事，強子感到自己和鄭隊的關係被拉近了，卻也說不上為什麼。

兩個人如做賊一般把小狗藏在外套裡，帶回了小區會所旁的保全宿舍，保全們七七八八地圍過來，狗被嚇得躲到了床下。鄭隊撅著腚從床下把狗掏出來，露出了半截兒內褲，內褲褲腰的鬆緊帶已經斷掉了，捲著個邊掛在皮帶上。保全們憋著笑，鄭隊一臉嚴肅，勒令大家不許聲張關於這狗的事情。

「鄭隊，給牠起個名字不？」有人問。

「我路上早都想好了，就叫鐵蛋。」

「鄭隊，人家是個母狗哦，叫鐵蛋……你能整個好聽點兒的名字嗎？」

「那你說該叫個啥名字？」

「愛麗絲，咋樣？」

「愛你媽的麗絲，你個假洋鬼子！就叫鐵蛋了，我還不信母狗不能叫鐵蛋，偏要叫鐵蛋！」

「鐵蛋，鐵蛋……你看，過來了！人家聽懂了！」

因為鐵蛋，強子見到了鄭隊細心的一面——專門去買了奶粉和肉腸，仔細泡好後切碎了拌在一起給狗吃，嘴裡還嘟囔著幼童般的話語，威嚴全無。鐵蛋半夜離不得人，否則總是哼哼唧唧擾人睡覺。鄭隊為此不惜動用私權，叫一個睡下鋪的和強子換了床，讓強子抱著狗睡。

「我們鐵蛋，很有性格。」養了兩三天後，鄭隊如此下了結論。

鐵蛋的「有性格」主要展現在牠聽不懂人話上，嚴格說起來，所有的狗都這樣。每當說「來抱一下」，鐵蛋便躲起來玩捉迷藏；每當說「不理你了哦」，又跑出來黏在腳邊；每當威脅牠「再亂尿就揍你」，牠便站立原地尿上一泡——牠早識破了這些臭男人，牠是隊長帶回來的，沒一個敢真揍牠。

「鐵蛋撒尿咋不抬腿？」有人問。

「沒文化，人家鐵蛋是母狗！」鄭隊又好氣又好笑地說。

鄭隊當然喜愛鐵蛋，按保全們私下胡說的成語，叫「視如己出」。可惜鄭隊自己確實太忙，忙了些許時日才發現，鐵蛋好像已經把強子認作了第一主人。心裡那滋味，還有些複雜。其實鐵蛋和所有人的相處並沒有什麼大的不同，只是牠喜歡舔強子，舔強子的臉、強子的手、強子的腿，只要強子出現在牠的面前。其他人誰也不舔，就對強子這樣。

鄭隊不甘心，但無論他如何湊上去磨蹭，鐵蛋始終無動於衷，舌頭也不伸一下。他終於認清了現實。

「鐵蛋這個事情，鄭永強主要負責，他有事的時候你們替補，知道了不？」鄭隊擔心個別保全心裡還有意見，特意強調了一下權責劃分。好在鐵蛋機靈可愛，遇見擺不平的事情就搖搖自己的小尾巴；如果尾巴搞不定就露出那溫柔可人的小眼神；如果小眼神還搞不定，就一路小跑蹦躂到人的懷裡，縮成一團熱乎乎的小肉球，再輕輕哼唧一聲，任誰也招抵不上。

狗能千萬年來陪伴於人類之側，所謂「伴君如伴虎」，自是有厲害的本事。就算平日裡對小動物沒什麼感覺的保全也都被鐵蛋降服，心甘情願地拉屎擦尿、餵水餵飯。一時間宿舍裡還多了幾分往日沒有的熱鬧。

「鄭隊，我沒帶過狗呢，怎麼總讓我照顧鐵蛋？」強子私下問鄭隊。

「你不懂，我看你眼睛就知道你喜歡牠，能把牠照顧好。」鄭隊說。

強子信了，同事們卻議論說主要是因為強子聽話，好欺負。逗狗雖然人人享受，但養狗並不輕鬆，也不多賺一分錢的薪資，餵水餵飯，撿屎擦尿，費時費力，實在不是什麼好差事。但強子並不在意，他抱著鐵蛋的時候睡得很香，有時半夜被鐵蛋舔醒，美過一場美夢。

如此這般過了些時日，鐵蛋如新生兒般以肉眼可見的速度生長著，從兩個巴掌大長到了四個巴掌大。越發活潑的鐵蛋不再滿足於保全宿舍的狹窄天地，開始不安分起來，咬壞了幾雙襪子。鄭隊說鐵蛋需要到外面活動散散身上的勁兒，但白天肯定是出不去的，只有等夜深人靜時由鄭隊放風，強子帶出去在小區裡透透氣。他們總是鬼鬼祟祟的樣子，生怕被誰發現，卻忘了自己就是保全。

鄭隊知道鐵蛋的存在遲早瞞不住物業，卻也沒想到這麼快就暴露了——主要原因是隨著鐵蛋身體的成長，屎尿分量也隨之變大，而且它從小在拉撒這件事上就頗為叛逆，有時帶出去玩還不拉，回宿舍馬上來一泡，讓大家有些惱火。偶爾鐵蛋的屎尿不小心搞到床單被子上，燻得滿屋子騷臭。終於，這味道被物業來檢查的小姑娘發現了，三兩下就從強子的被子裡找到了被藏起來的鐵蛋。強子擔心鐵蛋要被送走，巡邏時也多了份思慮和牽掛，差點撞了路燈。

被物業小姑娘告發後的第二天，鄭隊去和物業領導談了談，也不知使了些什麼手段，把鐵蛋留了下來，唯一的條件是——鐵蛋不能住在屋裡。

「我不能允許你在保全宿舍裡養狗，這是底線。」

「但你要在屋外面餵不知道哪裡來的狗，只要離人遠點，別惹事，我也不管你，懂嗎？」

鄭隊是社會人，當然懂。從物業回來的第一件事，鄭隊給強子換了崗。

強子資歷淺，一直是搞巡邏的，是個辛苦工作。鄭隊把強子換到了北邊小門的門崗，那個門很偏僻，車輛無法出入，所以幾乎沒人來往，因此所謂門崗不過是坐在門邊發呆而已，若是換一份劃算的手機套餐，可以刷一整天的小影片。這是最吃香的一份工作，原本是另一個老資格的保全霸占著，而他似乎有什麼把柄在鄭隊手上，被換掉也並沒有過多的反抗。強子的順利上位讓不少人眼紅，大家再也不說他聽話、好欺負，轉而議論強子這個姓鄭的是不是鄭隊的遠房親戚。

強子知道，這事情和自己沒什麼關係，是鄭隊要讓他把鐵蛋養在這裡。

「鄭隊，我沒別的意思，我只是想問一下，我們這樣養牠要養多久？」強子的話問住了鄭隊。

一群隨時可以被替換掉的保全，在並不屬於自己的城市、並不屬於自己的地盤，養一隻並不屬於自己的狗，任你如何承諾，都是脆弱的承諾。這問題其實誰都能想到，鄭隊或許也思考過。

「能養多久算多久。」鄭隊說，「不是有這麼多好心人嗎？野貓都能餵，鐵蛋這麼乖，萬一誰看上了帶回去，那不是飛上枝頭變鳳凰了？搞不好我們還要給鐵蛋當保全。」

強子一聽，原來鄭隊還有如此打算，不愧是隊長，高瞻遠矚。

「那如果沒有人要呢？」強子小聲問。

「鄭永強，你現在話開始多了？我看你一臉不情願嘛，信不信我給你調回去巡邏？」

「不是的，鄭隊，我只是……」

「你什麼？」

「我是害怕投入感情……」

「呸！你跟我說個屁，文化不高，錢沒幾個，還學人家講感情。」

強子剪了一塊舊床單，給鐵蛋做了根布鏈子，拴在自己值班的椅子上。鐵蛋起初怕生，總趴在強子腳邊，稍有風吹草動就要強子抱牠。後來逐漸熟悉了附近的氣味，膽子才大起來，無奈被拴著，活動範圍並不廣闊。野貓們偶爾來騷擾，都被強子趕走了。與其說是守門，強子的工作更像是守狗。

北門的確人跡罕至，強子一整個上午只見到一個人。那人是到北門草坪來遛狗的，原本眼裡也沒有這個守門的保全，倒是他的狗先發現了鐵蛋，一點點把他拽了過來。鐵蛋遇見同類興奮地轉著圈，強子還頭一回見鐵蛋這麼開心，自己也開心起來。那人也喜愛鐵蛋活潑可愛的模樣，問鐵蛋是不是德牧，得知是土狗後還顯得有些遺憾。

本來風平浪靜，誰知到了下午忽然陸續來了好幾個人，都牽著自己的狗來看鐵蛋。

原來小區裡還有個狗主人的微信群，上午那人給鐵蛋拍了照片，大概是拍得有些可愛了，引來了圍觀。鄭隊之前反覆叮囑強子不要說鐵蛋是保全養的狗，但狗主人們顯然對此並不在意，無一例外地都喜歡極了鐵蛋。鐵蛋「接待」了好幾撥人馬，累壞了，老早就呼呼大睡起來。

「不太好……」鄭隊皺起眉頭來。

「鄭隊，為什麼不好啊？我看鐵蛋還挺喜歡和那些狗玩。」

「不太好……有點招搖。」這已經不是強子第一次從鄭隊嘴裡聽到「招搖」這個詞。

強子從手機上把鐵蛋和其他狗玩的照片找出來給鄭隊看，鄭隊一邊皺著眉一邊樂呵呵地笑起來，叫強子挑幾張好看的發給他。

第二天，那幾個喜歡鐵蛋的狗主人又帶著狗來和鐵蛋玩耍，手裡還都拎著大包小包的袋子，說是送給鐵蛋的。這下可好，沒一會兒工夫強子就收到了七八袋狗糧，分量還都不輕，分了兩次才拿回宿舍，還有一件始終搞不明白該怎麼穿的小馬甲。強子給鐵蛋做的布條也鳥槍換炮，換成了進口的尼龍繩子，雖然強子也不明白進口繩子和國產繩子的區別，但送繩子那人反覆強調說「這繩子好」，眾人聚在一起研究後得出結論：好處應該在於花紋比較獨特。

「不管怎麼講，人家都是好心人，好心人還是不少的！」強子對同事們感嘆著。

每個來送東西的人都反覆強調自己的東西有多好，產自何處，該怎麼用、怎麼吃。這實在是難為了強子，尤其是狗糧，包裝上一個中國字都沒有，雲裡霧裡地記住一些，回去了也對不上號。鄭隊看著一大桌子全是外語的包裝袋也感到頭大，保全們稀奇地湊在一起摩挲著它們，誰也沒想到自己人生中拿在手裡的第一個「進口貨」竟然是給鐵蛋這隻小土狗的。

「吃哪個呢？」鄭隊問強子。

「說是……有德國的，有比利時的，有美國的……鄭隊，你不是以前幹過？你定。」

「嘿，我那時候看他們給狗吃的糧食都兩三塊錢一斤，哪兒見過這些？」

「我看吃德國的好了，德國踢足球厲害，哪一包是德國的？」有人如此提議。

「曉不得了……」強子撓著腦袋說。

「那你說個屁！算了，都倒出來看一下。」

最後鄭隊決定，在保全宿舍裡舉行狗糧試吃大會，每一包狗糧各試吃一粒，看看哪一樣更好吃一些。起初還有些保全抗拒吃狗吃的東西，誰知那些吃下去的都連連驚呼：

「狗糧竟然如此美味！」

「這居然是狗吃的？」大家紛紛讚嘆，有些還多吃了幾粒。

「鄭隊，你嘴巴咋回事？這麼紅？」

「日你個球，這裡面是不是有海鮮？我過敏。」

每一包狗糧都很好吃，以至於讓人無從選擇。最後還是強子提議用土辦法決定，先吃顆粒比較小的，免得鐵蛋噎著。可吃了兩天鐵蛋卻有些拉稀，又仔細研究後才發現那包小顆粒的狗糧已經過期半年，於是趕緊扔掉，又換了一包新一些的。

鐵蛋的出現，給所有保全的生活都帶來了一股新鮮的氣息。當然也不乏認為這新鮮氣息太臭的人，只是畢竟是群居生活，個人意見只能藏在心底。鄭隊在對講裡和強子單開了一個頻道，一有空便在對講裡問問鐵蛋的情況。對強子來說，在所有的新鮮裡還暗藏著一個讓他做夢都能笑出來的驚喜：因為鐵蛋，那個女人和他說話了。

那女人是帶著一隻特別小的狗來找鐵蛋的，她的狗個頭兒比鐵蛋還小上一點點，毛髮亮麗，頭上紮著一個漂亮的小鬏鬏。

「你好！」那女人先和強子打了招呼，聲音特別好聽。

「嘿，你好。」強子強裝鎮定，試著顯得職業一些。

「我聽他們說你這裡有一隻小小狗？」

「有的，喏，這裡，鐵蛋！又有人來看你了。」

「鐵蛋？有意思，我看群裡說牠是女孩子吧？怎麼會叫鐵蛋？」

「隊長起的名字，他說了，沒關係，母狗也能叫鐵蛋！」

那女人沒忍住，笑了出來，笑得強子怪不好意思的，想偷看她笑起來的樣子卻又怕冒犯了她，只好悄悄瞄了一眼又趕緊低下頭。

「鐵蛋聽起來好奇怪，人家是女孩子，別叫鐵蛋了。」那女人笑著說。

「嗨！我們……我這人，也沒啥文化！」強子依然不好意思地低著頭。

「雪莉，你和它玩玩吧！」那女人沒接話，把自己那隻叫做「雪莉」的狗放下，蹲下來仔細瞧著雪莉和鐵蛋打鬧，再也沒看過強子一眼。那雪莉的個頭兒雖小，脾氣卻來得兇猛，齜牙咧嘴地示威起來。倒是鐵蛋不斷後退、躲閃，卻因為被繩子牽住，有些狼狽。

「你這狗，個子不大哦，還挺有勁兒！」強子小聲說。

「嗯，牠個頭兒就這麼大了，所以也不用經常出來遛，家裡夠大了。牠個子小，又是女孩子，一出來就總是被欺負。唉……也沒個伴。」那女人說話的時候，雪莉已經把鐵蛋逼到了強子坐的椅子下面，不斷扒拉著強子的褲腿。

「我說呢，平時總見你去餵貓，沒見過你遛狗。」強子說。

「是啊，我喜歡動物，這些小貓咪都很可憐……」

那女人說到一半忽然抬眼看了看強子，美麗的大圓眼睛裡發射出一道疑惑的光。強子意識到自己說錯了話，趕緊沉默地看著鐵蛋，不再出聲。眼見鐵蛋被欺負得有些厲害了，強子左腳輕輕動了一下，絆倒了正撲向鐵蛋的雪莉。與此同時，他問那女人：「你家這狗好看哦，這品種叫個啥名字？」

雪莉始終不放過鐵蛋，一圈一圈地追著跑。強子索性把鐵蛋抱起來，鐵蛋有了主人的保護也終於吠叫了兩聲，算是回擊，隨即又開始津津有味地舔起強子的手。

那女人說雪莉的品種叫約克夏，這名字有些拗口，強子轉眼便忘掉了。雪莉即便已經三歲多，個頭兒卻始終如一兩個月大的小狗，這樣袖珍的品類是現代文明的專屬，是在一次次基因變異中不斷篩取選配的結果。強子看出來了，那女人很少遛雪莉的原因絕不是雪莉容易被「欺負」，而是雪莉太凶了，若把鐵蛋換作這小區裡其他的大狗，勢必要反擊，萬一沒個深淺便容易出現危險。鐵蛋的年紀和個子都小，新來怕生，而且和雪莉一樣是母狗，那女人或許是想試試看能否讓牠成為雪莉的玩伴。顯然，牠很滿意。

相對平衡的社交能力，審時度勢的能力，是流浪狗們被流浪所賜予的天賦，是許許多多養在深閨的「雪莉們」一生都無法獲得，也不必獲得的。鐵蛋像是健身房裡的陪練，陪著雪莉玩了十幾分鐘，得到了那女人投來的一塊小零食。

「打疫苗了嗎？」那女人本要走了，似乎是忽然想起了什麼，又回頭問強子。

「啥？」強子摸不到頭腦。

「就是打針，你這狗，鐵蛋，你們給它打過針嗎？」

「不曉得，應該是沒打過。」

「你們什麼時候下班？」

「下班？我輪班要到下午四點了。」

「好，加個微信吧，下午我帶你去給鐵蛋打針。」

「這……你……大姐……」

「叫姐就行。」

「姐，這樣不合適吧？」

「有什麼不合適？打疫苗是對鐵蛋負責，知道嗎？也是對我們家雪莉負責。別思索了，我開車我出錢，你帶著狗就行。」

那女人的聲音一直很動聽，不給強子反對的縫隙。

這樣一個像是從電視劇裡走出來的女人，強子一輩子都不敢想自己居然還能和她產生任何實質意義上的聯繫，更別說加她的微信、坐她的車這麼私密的事情。

那女人的微信和她柔弱的外表完全不同，頭像是一張穿著制服的照片，幹練俐落，微信名也簡單而直接，叫「吳娜」，想來便是她的本名。朋友圈裡沒有什麼圖片，大多是分析各種行業的文章連結，輔以一大段點評議論的發言，至於到底是什麼行業、點評得好不好，強子根本也不懂。說來也好笑，即便不懂，強子還是把這些文章都挨個兒點開看了一遍。看到第五篇的時候強子回覆了一條鄭隊給他發的訊息，再點回吳娜的朋友圈，已經一片空白，被封鎖了。

下午四點，吳娜準時給強子發訊息叫他帶著鐵蛋去車庫門口見面。見了面也沒什麼寒暄，強子抱著鐵蛋一路跟著，也不知道自己到底該和她並排走，還是就這麼尾隨在她後面更得體一些。

打針的時候醫生說鐵蛋很乖，是個勇敢的姑娘，強子在一旁驕傲地笑著。

強子把這件事告訴了鄭隊，鄭隊很快又擺出一副沉思的樣子。

「那個業主自己提的？」

「是，鄭隊，她堅持要帶鐵蛋去的。」

「嗯，花了多少？」

「她付的錢，我也曉不得，我看那個價格表，至少也要個大幾百。」

「噢喲，現在的行情可變了，真貴。」鄭隊感嘆道。

「那地方可好，鄭隊，比好多商場都搞得漂亮！」

正聊天，強子收到了吳娜的微信：「我明天中午吃了午飯帶雪莉來玩。」

「你看看！這他媽的，人家花點錢，我們幹保全的直接變成幹保母的。」鄭隊從強子手機上看完訊息，氣鼓鼓地說著。

如此這般，雪莉和鐵蛋常常玩在一起。吳娜雖然也不太和強子說話，但她把強子拉進了那個小區狗主人的微信群，介紹他叫「鐵蛋爸爸」。群裡的很多人都熟悉鐵蛋，熱情地和強子打著招呼。強子發現「某某爸爸」和「某某媽媽」這樣的暱稱顯然是這個群裡的專屬，也把平日裡愛和鐵蛋玩耍的幾戶人家都對上了號。強子自知自己原本並不屬於這個群，但聽吳娜的話把群暱稱改成「鐵蛋爸爸」之後，似乎還真融入了進去。除了「我家寶貝暈車」或「這次換了一家做美容」一類的話題插不進嘴，其他時間還算和諧，偶爾發幾張鐵蛋的照片，還能和大家嘮叨上幾句。

「鐵蛋爸爸」逐漸成了強子的另一個名字，包括吳娜在內的不少人都會在路上和他熱情地打招呼——在保全界，這是極高的禮遇了。中秋節還收到了來自各路爸爸媽媽的幾盒月餅，在宿舍分給大家吃了，雖然也沒吃出和便宜月餅的區別來，卻也讓不少同事的心裡都羡慕著。背地裡，好些人都說強子這叫「人憑狗貴」。

由秋入冬之後，夜風像刮鬍子一樣刮掉了樹上的葉子。隆冬裡，下了第一場雪。

鄭隊憂心忡忡，因為馬上就要過春節了，如何排值班表是個難題。大家都想回家去，休假時間各不相同，搞得鄭隊滿腦子官司。

而就在這時，一場流行病席捲而來。

從得到訊息到封鎖小區，中間跨著年三十，鄭隊也不必揪心誰去誰留了，保全們全部留守。眾人聚在一起吃了一頓自製火鍋，鐵蛋也跟著蹭了幾塊肉，算是一起把年給過了。

人心惶惶，包括北門在內的所有小門全被封鎖了，只留下了一處主要的出入口。北門不再需要有人值班站崗，鐵蛋只能每日孤獨地在北門的一棵樹下拴著，讓強子有些心疼。但強子也無暇顧及鐵蛋，和其他保全一樣，他的工作量驟然變大——每日不厭其煩地戴著口罩檢查來往人員的出入證，拿著測溫槍一次次「審判」每一個進出小區的人。在這特殊的時日裡，因為「強子們」忽然獲得了某種至高無上的權力，業主們對他們也都客氣起來。那些認識強子的人愈發驕傲地和「鐵蛋爸爸」打著招呼，好似是對自己的某種實力的昭示。

除了基本的安保，強子還多了一件任務：送快遞。平日裡熟悉的快遞小哥們都被拒之門外，小區門口立起了幾個大櫃子，每天都被裝得滿滿噹噹。強子的巡邏車上幾乎時刻都堆著如山的箱子，挨家挨戶地運送。普通快遞還好，最可怕的是遇上整箱的瓶裝水。鄭隊便因為搬水而閃了腰，每日哼哼唧唧的，脾氣也越發急躁起來。

快遞送多了，強子也終於知道了自己的那些「朋友」所住的房間號，偶爾想寒暄兩句，卻總是遇上緊閉的大門。「放門口，一會兒拿」，這是強子聽到最多的問候。倒是那些狗，往往強子一出電梯就開始吠叫，久久不停息。

對強子來說，這冬日繁忙卻寂寥，人與人的距離被無限拉遠，甚至難以見到真面目。同事們忙裡忙外，鄭隊幫忙給返京的住戶挨個兒辦出入證，搞得一個頭兩個大。強子已經很久沒有和一個人好好地說過話，只有偶爾得閒時，會和鐵蛋一起坐在宿舍外的臺階上看看雪。鐵蛋身上的毛髮逐漸褪成了黑灰色，在雪裡顯得特別漂亮。它不像此刻的人類一樣懼怕那些看不見的東西，雪落在強子的臉上便去舔掉，有時強子戴著口罩，它還學會了用嘴把口罩的繩子從耳朵上取下。

在這個冷冬，唯有這樣的時刻，強子感到溫暖。

第四場雪還沒下完，鄭隊忽然接到物業的指令，要再一次驅趕流浪貓。

這是第二次趕貓了，但今時不同往日，坊間傳聞貓會攜帶病毒，似乎唯有如此才是負責任和恰當的做法。這次「保貓派」和「趕貓派」統一了起來，沒有再吵。或有為數不多的人在家裡小聲嘟囔著「貓本無罪」，卻也不敢在人群裡發言，生怕惹了眾怒。強子在狗主人群裡默默觀察著，大家的意見幾乎一邊倒：特殊時期，趕貓可以理解。如吳娜這樣心軟的出面軟言爭辯幾句，也勢單力薄，最終敗下陣來。

鄭隊去和物業商量策略，物業說驅趕流浪貓這事情不能像驅趕人一樣去評判，小區的圍牆能擋住人，卻擋不住貓。若只是把貓扔出圍牆，這貓還能輕易回來，趕了與沒趕區別並不大。只有兩個辦法：一是把貓們集合在一起，用車載到偏遠處，一次性卸貨，成為別人的麻煩，自生自滅去；或者殘忍一些，乾脆……

「嘿，好人，哪個不想當好人呢？貓這個事情以前我們也是服從了少數業主的意見，算是當好人了吧？但是有些好人你順手噹噹還行，現在是什麼？非常時期啊……」

物業領導似真似假地感嘆著，強子站在鄭隊身後，背脊上感到一股涼意。他隱隱擔心著鐵蛋，卻一句話也不敢問，一聲也不敢吭。他想起了鄭隊曾經說的話：「別太招搖。」

當鄭隊在大家面前說出「不擇手段，不留後患」這八個字的時候，包括強子在內的好幾個保全都明確表示自己趕貓還行，殺貓做不到。

「我知道你們心裡咋想。但我和你們坦白說：這事情，我不做，我留不下來；你們不做，你們留不下來。」鄭隊的臉色和他的話一樣凝重。

「你們自己考慮一下。現在工作本來就不好找，等這病毒過去了，或許會好找，或許反而更難找了，誰他媽知道呢？」

「物業那邊找區裡打野狗的那幫人借了點工具，棍棒之類的，用法嘛一看就懂，我也不教你們了。」

「另外還給你們多爭取了幾件防護服，反正物業說貓有問題，我說貓有問題你就要給我防護服，不然我的人怎麼辦？數量嘛肯定是不夠的，你們誰要是真信貓有問題就拿去穿吧。我本意也是拿來補充一下平時值班的防護服，這樣還可以偶爾輪換一下。」

強子目睹了鄭隊為那幾件防護服和物業理論了兩個小時的場景，心知鄭隊的難處。領到自己的「武器」時卻也難過，這些東西無鋒無刃，但足以致命。

出發前強子撫摩著鐵蛋的頭，鐵蛋輕輕舔舐他的手臂。強子祈禱著，即將發生的事情永遠不要發生在鐵蛋身上。

拿著工具，強子在小區的草坪和樹叢裡漫無目的地遊蕩，貓沒見到，倒是發現了一窩小刺蝟。在對講裡問了問鄭隊，鄭隊又問了問物業，物業說你最好自己判斷，你真要問我，我還能說什麼？肯定殺無赦。鄭隊如此轉達，於是強子就當從來沒問過鄭隊，小心翼翼地找了個布包把刺蝟一家裝了進去，悄悄騎車去到幾條街外的一個爛尾工地，找了個洞把刺蝟一家放了進去，布包就地扔掉。

那工地因為負責人被抓，已經好幾年沒動工，空無一人。而此時此刻，沒有人類的地方，對動物來說便是安全的地方。鄭隊原本提議把貓也搞到這裡來，沒有被採納。

回到小區，同事們拖著一個白色袋子，掃一眼便知裡面都是野貓的屍體。

強子於心不忍，可一問才知道這些貓並非同事們所殺，牠們早就死了。當保全們還在議論和糾結到底該不該殺貓的時候，這些流浪貓已被毒死在小區的各個角落裡，被發現時早已被雪掩埋了過半的軀體。

強子心裡一緊，飛奔去找鐵蛋，路上太滑還摔了一跤。好在鐵蛋依然老老實實地被拴著，依然活潑著，看見強子來了便要上來要抱抱。強子抱起鐵蛋就往回走，把鐵蛋鎖在了宿舍裡。

「鐵蛋不能在外面了。」強子見到鄭隊後，斬釘截鐵地說。

又排查了兩日，小區裡的流浪貓已經絕跡。投毒的人雖然戴著口罩，但保全們在看過監控之後都認了出來，是平日裡一個和和氣氣的老大爺，強子也認出了他。

「媽的，太壞了。」幾個保全議論著。

「不是他，就是你們。」鄭隊說。

這事情成了小區裡不大不小的新聞，有少數反對的，有少數讚賞的，大多數人只是沉默。吳娜發訊息問強子到底是誰投的毒，強子什麼都沒說，吳娜回覆過來好幾個大哭的表情，強子心裡難過極了。強子不知道這到底算不算祕密，抑或會在哪一天被吳娜知道，但他自己是死也不會說的。他認出了那個老大爺，是吳娜的爸爸。

幾天後，電視上闢謠了，貓本無罪。而死掉的都已經死了，死得太快，沉冤未得昭雪。一天清晨，強子看見吳娜獨自站在北門的樹林裡，雪融後的空氣生冷如冰，吳娜在為貓默哀，強子也在默哀，卻不知是為了誰。

鐵蛋住回了宿舍，悶悶不樂的樣子，或許也嗅到了空氣裡有些味道已經消失不見。

而強子的心裡還不安著，果然網上又有了新訊息，說某地的科學家發現一條狗也染上了那種病毒，這次不比貓有罪的坊間傳言，似乎言之鑿鑿。於是鐵蛋在宿舍裡沒住多久又被幾個膽小的保全給趕了出來，強子怒火中燒，在宿舍裡和他們打了一架。

這次，保全宿舍也抽成了「保蛋派」和「趕蛋派」。「保蛋派」主要由強子和平日裡幾個要好的兄弟組成；「趕蛋派」則大都是早就眼紅強子的和膽子太小的。鄭隊在中間調停，甚是為難。最後有人威脅要告到物業去，鄭隊沒辦法，縱然心裡心疼，卻也沒法兒再讓鐵蛋進屋。鐵蛋又被拴回了空曠的北門邊。

「好好的日子，好好的人，都他媽變了。這一天天的都什麼事啊，快點過去吧！」鄭隊一口氣乾掉了一罐啤酒，把罐子捏扁了扔向遠處，不知落到了哪裡，寂靜無聲。

對於這件事，強子只是感到無力。好歹他也被叫做「鐵蛋爸爸」，此刻卻什麼都做不了，要讓自己的孩子睡在風裡，暴露在一切目光中。在強子眼裡，此刻的世界對鐵蛋充滿了敵意，他已經準備好了，要為了鐵蛋戰鬥，要盡自己的所能保護它。

強子像個變態跟蹤狂一樣監視著吳娜家，每次看見吳娜的爸爸下樓就心裡一緊，到後來只要看見人接近北門的方向就心裡一緊，連續失眠了好多天。可讓強子沒想到的是，一切都風平浪靜，似乎所有人都在一夜間有了別的事情要做，直到謠言被證實，狗亦無罪。強子鬆了一口氣，能睡好覺了。但他始終不明白到底是為什麼，好像自己的滿腔熱情一腳踏空，還有些彆扭。鄭隊說強子是因為年紀太輕，想得太多。

「大家都沒事，鐵蛋也沒事，不是挺好？你還指望發生點什麼？過日子嘛就是這樣的，你說牠是什麼牠就不是什麼。」

這話有些耳熟，強子想起來鄭隊以前也這樣說過鐵蛋：「你說牠乖，牠馬上就搞點事情；你說牠胡鬧，牠馬上又乖起來；你說牠膽小，在強子懷裡比誰都厲害；你說牠厲害，也從來不去惹其他的狗。」

「叛逆！你說牠是什麼牠就不是什麼！」鄭隊說這話的時候剛被鐵蛋啃爛了一個充電器，卻仍舊一副笑嘻嘻的樣子。

很快，病毒被控制住了。快遞員再次進入小區時，已經是初夏。

「趕蛋派」的帶頭人——也就是被強子搶了北門職位的那個老資格保全，家裡有人被車撞死了，打算就此回鄉。離開前他找到了強子，去重新開張的小燒烤喝了一頓酒，說了些抱歉的話。所謂一醉泯恩仇，恩仇不算大，醉倒是真的。那天強子還在小燒烤攤兒看見了小區裡的一個業主，從沒打過招呼卻有些面熟的那種。那人一直在打電話，似乎是四處找人借錢，夜深時他自己把自己灌醉了，耍起酒瘋來大哭了一場，最後還是酒醒的強子他們把他扛了回去。次日再見他時，強子對他笑了笑，本想跟他說聲謝謝，因為他昨晚執著地把強子他們的帳給結了。可惜他似乎什麼都不記得，只是對強子點了點頭，再穩重地走掉。

還真應了鄭隊最初的判斷，鐵蛋已經徹底長成了一條大狗，雖不比德牧、金毛，卻也體形不小。好心人送來的狗糧早就不夠吃，於是鄭隊派強子坐著公車去大超市買。買回來大家又嘗了嘗，確實不如進口的。或許窮人家的狗也一樣早當家，鐵蛋不再像小時候那般可愛好動，有時候都不用強子陪它，自己就能在北門的樹樁下玩一天。狗朋友們還時常拖著主人來找鐵蛋，但吳娜再也沒帶著雪莉來找過強子。

「鐵蛋，你想雪莉不？你現在個子太大了，人家害怕你啦。」

強子摸著鐵蛋的頭，悠悠地說著。

群裡的一個人給強子發訊息，說有朋友看了鐵蛋的照片，喜歡上了鐵蛋，問強子能不能把鐵蛋給他養。據說這位朋友住在遠郊，有個大院子。

「鐵蛋可以到處跑，隨便跑！」這句話說動了強子。

對於鐵蛋，強子自認為盡心盡力，卻始終有一個巨大的愧疚：自從鐵蛋不再是乳狗之後，便從來沒有自由自在地奔跑過。他確實好幾次想放開鐵蛋的繩子，卻始終不敢。

強子見過小區裡那些不拴繩的狗相互打架，也見過小孩子被狗嚇得摔倒，其實這些在他看來都不是什麼大事，但業主們或許可以這麼做，可這裡畢竟不是他強子的地盤，也不是鐵蛋的地盤，他不敢。

可是，鐵蛋是一條狗，應該是要奔跑的吧？

「唉……終於來了。」鄭隊聽到訊息後的第一反應是長長地出了一口氣。

「那個人問鐵蛋絕育沒有，我怎麼說？」強子問。

「沒有，你忘了牠還來過月事？這個我們不管，他要絕就帶回去自己絕。」鄭隊回答。

強子明白，無論是自己還是鄭隊，都沒什麼資格去拒絕對方的要求。

「對方人沒問題吧？」鄭隊似乎是不放心。

「那人說，他朋友可好了。」強子說。

鄭隊還是不太放心，悄悄找物業的人問了那個介紹人的情況，至少得知道是租戶還是業主。正問著呢，那人又來催強子，說對方還可以付一筆錢。強子問他能給多少，那人說，一萬。

幾百塊倒也罷了，一萬這數目讓鄭隊有些警覺，叫強子再去問，對方終於說了實話——原來鐵蛋並不是土狗。要買鐵蛋的人是懂行的，一看照片便認出來了，鐵蛋是一隻澳洲牧牛犬。強子在手機上查出一張澳洲牧牛犬的照片，遞給鄭隊看，果然和鐵蛋一模一樣。

「鄭隊，你不是說你以前在狗市幹過，你咋沒認出來？」強子問。

「你去看看全北京能有幾隻這個什麼澳洲狗？我以前也就是個銷售，國產狗還認得，澳洲狗能認出來才見鬼了。」鄭隊有些生氣。

「你騙我，鐵蛋，你說你是土狗，你才不是土狗，你有血統，你不是我們的人。」鄭隊望著鐵蛋，鐵蛋望著鄭隊，無辜的眼睛一閃一閃的，彷彿在說我從來沒騙過你。

強子在一旁看著他們面面相覷的樣子，有些傷心。

強子動過心思，想拒絕，想把鐵蛋正式據為己有。他很久沒回家了，如今回家也沒了隔離限制，不如就為了鐵蛋徹底離開北京，回家找點事情做，把鐵蛋養在自家的院子裡。雖然他知道這樣很離譜，為了一條狗做出這樣的犧牲，招人笑話。況且，他也給不了鐵蛋什麼。但任何一個愛過狗的人類都會明白這樣的感受，當被稱作「某某爸爸」

時，便有了做爸爸的心性與覺悟，難以割捨，準備好了犧牲。

可當強子知道鐵蛋竟然是一隻澳洲牧牛犬時，他動搖了。他心底裡不知從哪兒生出了別樣的念想：若是土狗，跟了我也就跟了我，清貧便清貧，可是一隻澳洲牧牛犬怎麼能過這樣的日子呢？

可惜強子並不認識任何一個澳洲人，即便認識了也無法溝通。澳洲人會告訴強子，沒關係的，在他們眼裡，鐵蛋就是土狗。

所以當鄭隊咬牙點頭的時候，強子只是沉默地接受了這個決定。鄭隊決定把一萬塊抽成三份，自己和強子各三千，畢竟也為鐵蛋買過不少東西。剩下四千平均分給其他保全同事，大家都出過力，算是雨露均霑。

強子悄悄和鄭隊說，讓鄭隊拿五千，自己拿一千。

「你這啥意思？」

「鄭隊，你家裡不是有人病了？那你先多拿點去用，我家裡人多，在這邊也就我自己，我少點沒事。」

「你個狗日的，你咋知道？」

「你自己說的。」

「不可能，這個事情我跟哪個都沒講過。」

「你和鐵蛋說的，我在邊上聽見了。你放心，我不和別人說。」

介紹人住在吳娜的隔壁單元，是個老男人，微胖，面善。他說他約好了那個要買鐵蛋的朋友星期天中午來接狗，要強子做好準備。強子回宿舍收拾了一圈，除了一根進口繩子之外也沒什麼可以給鐵蛋帶走的，是有兩個飯盆和水盆，只是品相過於難看，拿不出手。這事情在群裡也傳開了，大家紛紛對鐵蛋表示祝賀，有幾個心細的追問了幾句新主人的情況，介紹人信誓旦旦地說那人絕不會虧待鐵蛋，大概就是和強子說過的那些話。這些討論強子完全沒有參與，可大家似乎也並沒有注意到這一點。

週六晚上，強子把鐵蛋又搞到了自己的床上，小鐵蛋曾經就這麼溫順地臥在他懷裡，如今卻要占掉半張床，稍一挪動就晃得床「咯吱」作響。他輕輕撫摩著鐵蛋的鼻梁，自從他知道了鐵蛋的血統，這挺直的鼻梁是越看越漂亮了。

「鐵蛋，你會想我不？」強子輕輕地說。

鐵蛋伸出舌頭舔了舔強子的臉，也不知聽懂了沒，一個勁兒地把頭塞到他的腋下，好像小時候一樣。那時同事們還開玩笑，說這土狗也忒不講究，強子有狐臭還往他腋下鑽。

月光和街燈在門口勾勒出一個人影，是鄭隊。他悄聲走到強子的床前，拍了拍鐵蛋，把頭湊了上去。強子在一旁瞇著眼睛，不敢出聲。

「鐵蛋，明天就走了，來嘛，來一下。」鄭隊小聲說。

鐵蛋扇了扇自己的耳朵，歪著頭看著鄭隊，一動不動。鄭隊又湊近了一些，用自己的鼻子去蹭鐵蛋的鼻子，鐵蛋鼻子被弄癢了，伸出舌頭來撓，舔到了鄭隊的鼻子上。

「嘿，算你有良心。」鄭隊的聲音很小，卻有一種扎實的滿足感。

「我今天夜班，明天睡個懶覺，不送鐵蛋了，你把事情辦好。」

起床時，強子才看到鄭隊半夜發來的訊息。

中午，介紹人把強子和鐵蛋領到了小區門口，來的車是輛大車，強子老家管這種車叫「子彈頭」。強子仔細觀察了鐵蛋的新主人，約莫四五十歲，身上瘦，臉上胖，有不少皺紋。那人和強子聊了幾句，衣著談吐倒確實有些貴氣。他蹲下來和鐵蛋玩耍了一會兒，短暫的相處讓強子覺得這人還是很可靠的。強子遞過去一張小紙條，上面歪歪斜斜地寫了些注意事項，比如鐵蛋每天睡前一定要拉尿，吃飯的時候人不能去摸它……那人看見這紙條還有些感動，連連誇獎強子說澳洲牧牛犬本來並不好養，強子他們條件艱苦，能養成這樣實屬不易。

強子一聽，差點哭鼻子，好像自己的某些委屈被人悄悄聽見了。

「我們也不懂澳洲牧牛犬好不好養，反正鐵蛋是挺好養的。」強子如此說。

「不是母狗嗎？怎麼叫鐵蛋？」那人有些詫異。

「對，鐵蛋。」強子沒解釋太多，那人的臉上劃過一絲奇怪的笑，也沒再接話。

「一看你就愛狗，放心，我會照顧好牠……鐵蛋。好吃好喝的，沒問題！」那人拍胸脯保證。

「來，我們說好的，你支付寶開啟，我轉帳給你。」要不是那人提醒，強子差點都忘記了這回事。

錢到帳的一刻，強子意識到自己終於要失去鐵蛋了。鐵蛋似乎也終於明白了此刻的情景，上車時極不情不願的樣子，喉嚨裡發出「嘶嘶」的聲音，那種高頻的聲音有強大的穿刺力，直達強子心底最脆弱的地方。

「鐵蛋，如果不開心，你就悄悄跑回來。」強子最後抱了抱鐵蛋，在牠耳邊輕輕說。

強子當然知道這話沒什麼意義，鐵蛋跑不回來的。牠或許都聽不懂這一句耳語的呢喃，大概只覺得耳裡有人吹氣。可這是強子所能做的一切了，他不再能保護鐵蛋，只能寄希望於鐵蛋能自己保護自己。

但鐵蛋可能是聽懂了，發瘋似的舔舐著強子，輕輕咬著強子的耳朵，往車裡拉扯。強子終於疼得受不住發出了聲響，鐵蛋的嘴馬上又鬆開，開始輕輕嗚咽，伴隨著嘹亮的吠叫。那嗚咽聲像是在說「別扔下我」，那吠叫聲又像是在說「別擔心我」。黏糊糊的口水掛滿了強子的臉，他知道，這樣的感覺以後都不會再有了。

一個人和一條狗告別，怎麼會這麼難呢？強子不明白。

「再見了，鐵蛋。」

隨著車子啟動，三分鐘熱風吹過強子的臉頰，是一段不可複製的時光在和他告別。

「我日你個球！」

一個人影從強子身邊閃過，鄭隊穿著一雙拖鞋急速狂奔，他才是那三分鐘熱風。

強子看過電視劇裡那些人追汽車的場景，總是一邊伸手一邊喊叫著，現在他知道了，一個人真的在追汽車的時候，既不會伸手也不會喊叫，只會如參加奧運短跑賽一樣死命地狂奔，一口氣也不敢鬆懈。鄭隊追到了路口，眼看那車已經絕塵而去。他的拖鞋已經跑掉了，腳底板磨出了血，癱倒在地，喘著粗氣。

強子還沒反應過來的時候，鄭隊已經走了回來，滿臉通紅，神情異常。那個介紹人也感到莫名其妙，正要問問是什麼情況，鄭隊卻一拳打了過來，那人當即倒地。強子架開了鄭隊，鄭隊掙脫不開，從喉嚨深處發出了一聲悲鳴。這聲音像狼，狗的祖先。

原來那天鄭隊本不打算和鐵蛋告別，只是最後還是沒忍住，跑到柵欄後面看了看。他過來時鐵蛋已經上車了，本想就這麼目送，誰知車啟動時他不小心透過車窗看到了領走鐵蛋那人的臉，忽然如發飆似的追了出去，卻於事無補。

強子永遠都記得鄭隊那天絕望的表情。

「我認識他。」

「我以前在狗市的老闆。」

強子一聽，腦子忽然炸開了。

「鄭隊，你說，他要把鐵蛋賣了？」強子顫抖地問。

「他不會賣的。」鄭隊的聲音幾近嗚咽。

「鐵蛋是……牠是母狗……」

忽然間，強子覺得全世界都塌了，壓在了自己的身上。

這一拳打得不輕，鄭隊被開除了。他在一個有霧的早晨悄然遠行，什麼言語都沒留下。

新的保全隊長留著大鬍子，普通話說得標準，一點也不像個保全。他上任不久後，強子也說要辭職。

「我知道你和老隊長關係好，但是我和你保證，我這個人絕對不會區別對待的，你再考慮考慮？」新隊長看起來很誠懇。

「我想好了，我當不好保全，不當了。」強子說。

「行，那我也不留你了。以後做什麼？也想好了嗎？」

「回家。」強子說。

臨走那天，強子提著包在小區裡轉了一圈，走到北門的樹林裡時，對著幾棵樹拍起了照片。這一棵是拴鐵蛋的樹，這一棵是牠撒尿的樹，這一棵是牠拉屎的樹……每次鐵蛋拉完屎，強子都要撿葉子去把屎包起來扔掉，冬天沒葉子了，便自己帶幾片衛生紙。這習慣是鄭隊叮囑他養成的，他說城裡人都得這樣。樹上的葉子每年都有新的，樹下的狗卻已經不在，連同貓，連同人。強子想起來那窩小刺蝟，也不知道現在生活得怎樣。那工地或許終有一日會再開工，刺蝟有刺，卻也敵不過人。

強子以為自己會被踢出小區狗主人的群聊，但事實上根本沒人在意這件事，就連最後他自己退了群也在很長一段時間裡都沒有被他人發現。「鐵蛋爸爸」這名字就此徹底消失在強子的生命裡，他重新做回了一個完整的鄭永強。離開小區前最後一次見到吳娜，吳娜對強子的稱呼是：「哎，那個誰。」強子直到這時才想起來，吳娜從來都沒問過他叫什麼名字。

在火車上，強子做了一個夢。

他夢到自己去看鐵蛋，夢裡的人面容模糊，說我們這裡沒有鐵蛋，我們這裡的狗都叫愛麗絲。強子面前出現了無數只和鐵蛋一模一樣的狗，有的像鐵蛋小時候，有的像鐵蛋離開前的樣子，有的像老去的鐵蛋。他喊愛麗絲的名字，所有的狗都圍了上來，他嚇壞了。

「鐵蛋，鐵蛋……」於是他輕輕呼喚著。

遠處，一隻身材臃腫的狗癱倒在一個金子打造的籠子裡，輕輕哼了一聲，對他搖起尾巴。

「你是鐵蛋嗎？」強子湊過去問。那狗伸出舌頭來，舔了他的臉。那溫熱溼潤的觸感如此真切，真切到強子願意餘生都做這一場夢。

強子流著淚，把夢裡那面容模糊的人狠狠地打了一頓。

「你騙我！」強子吼叫著。

「你騙我！牠根本就不能到處跑！」強子的喉嚨幾乎發出了聲音，火車上鄰座的人嚇壞了。

在家裡住了幾天，處處都不適應，成日無所事事地在院子裡溜躂，或許是有些孤單了。鄭家老二怎麼回來了？好好的保全怎麼不當了？就算不當保全怎麼連北京也不去了？是不是惹事了？

有人問過，沒人有答案。

月亮成熟時

「看，當時的月亮。」

「曾經代表誰的心？結果都一樣。」

一

星期六，午飯，苟姐只吃了幾小口便放下了筷子。

她前半生一直很瘦，五十歲之後卻慢慢胖了起來，如今即便學著年輕人少食多餐，似乎也難以逆轉。餐桌的另一邊，丈夫吃得心不在焉，似乎並沒注意到今天的雞湯是苟姐早起剛燉的。他一直皺著眉頭在思考什麼，一句話也沒說，大概在惦記著下午的會議。

苟姐從前常因為這樣的小事和丈夫拌嘴，但最近一段時間，她總是選擇沉默。她知道外面的狀況不好，生意越大越難維繫，也心急，無奈能力有限，幫不上忙。

「我的事你幫不上，你沒事多思索點別的，瞎操心也沒啥用。」

每次關心丈夫，總是得到電話忙音一樣的回應。他還在服務區嗎？苟姐不知道。

剛收拾好碗筷，丈夫就抓起車鑰匙走了。苟姐本想叮囑點什麼，擦乾淨手從廚房出來時卻只看見那扇昂貴的門輕輕在眼前合上，發出精巧的聲響。這門是兩年前換的，那時苟姐說自己經常晚上一個人在家，會害怕，丈夫二話不說就安排了這扇頗具安全感的門——需要密碼，需要指紋，就是不需要鑰匙。朋友們聽聞都客氣地誇獎著，苟姐也配合地笑起來。笑容之下她卻想著，門再好，總不如人。

「少喝酒，叫代駕。」苟姐還是拿出手機給丈夫發了一條訊息。

十分鐘過去，丈夫回過來一個「OK」的手勢。

女兒早已提前打好了招呼，週末不回來住了，這次的理由是公司團建。丈夫依舊匆忙地相信了，但苟姐知道，女兒大概是去談戀愛了。自從給女兒在公司附近買了一套小房子，她離女兒的生活便越來越遠，前些日子苟姐去幫她收拾打掃，上廁所時在垃圾桶裡看到一根驗孕棒，趕緊悄聲打電話給自己的姐妹，問清楚這標識意味著沒有懷孕才算是放下了心。沖完水又扯下一張紙巾，小心地把那驗孕棒按進垃圾桶的深處。

苟姐當然愛女兒，但她並不想深究女兒的祕密。苟姐自己也年輕過，也有過祕密，她知道，祕密會讓人真正地長大。她只是在某個週末女兒回家時藉機說起些社會新聞，叮囑她在這些方面注意安全。她記得女兒不耐煩地點著頭，眼睛從未離開過手機。

苟姐湊過去想看看手機上都有些什麼，但那些連環畫一般的影像在女兒的指尖迅速翻過，看幾眼就讓她眩暈。

提前洗好了一小筐衣服，因為苟姐知道丈夫今晚免不了一頓吃喝，大概又要帶著一身酒氣回家。那種味道讓苟姐感到生理上的不適，她不願把自己新買的貼身衣物和那些衣服一起洗，即便鋪天蓋地的洗衣液廣告一次次承諾著要讓一切煥然一新。她要盡可能地保留新衣服上那股獨有的清新氣息，這味道讓她歡喜，雖然也深知那不過是生命裡轉瞬即逝的慰藉。

午後的陽光灑進陽臺，苟姐晾好了衣服坐在被微微曬熱的地板上，想起些舊事。舊事總是讓人發笑，不是嗎？像那種二十多塊錢一顆的歐洲巧克力，即便是苦的，融化在

回憶裡也慢慢滲出了甜味兒。

是的，或許是有些孤獨吧，連苟姐自己也發現了。

她抬起臥室的床板，從床板下拿出一個小盒子，這盒子裡有她的舊事。她和丈夫每晚睡在這些舊事之上，而丈夫全然不知床下還有這一方幽暗的空間，藏著燦爛的過往。

盒子裡裝著一塊石頭，大半個拳頭大小，烏漆墨黑，坑坑窪窪。

很久很久以前，一個男孩把這塊石頭送給了當時還是女孩的苟姐，苟姐珍藏至今。其實現下的年輕人也來來往往地送著這樣那樣的石頭，有花哨的名字，包含著這樣那樣的寓意。但苟姐這塊石頭和它們都不一樣，是舉世無雙的。

這塊石頭來自月亮，至少那個男孩是這麼說的。而在這個豔陽高照的午後，月亮隱匿在日光之後沉默著，苟姐卻瘋狂地想念起來，想念當時的月亮、當時的男孩。

「看，當時的月亮。曾經代表誰的心？結果都一樣。」

初聽這首歌時，它還是新歌，後來歌老了，人也老了。

哼著歌，苟姐孤獨的影子盤桓在這座大大房子的小小角落裡，被那盞璀璨的吊燈照耀著，勾畫出時間的輪廓。

二

男孩第一次向苟姐介紹自己，是在一條陰暗狹窄的走廊裡。

這男孩大方而溫柔，黝黑清瘦的臉龐上掛著兩顆閃亮的眼珠，笑起來也絲毫不被壓縮，閃射出燦燦的光芒，讓苟姐感到親切。

當然，那時苟姐還不叫苟姐。苟姐這稱呼大概是從四十歲以後才開始出現的，雖然聽起來實在讓她很不滿意，但畢竟是自己的姓，又能怎樣呢？從前人們都叫她的大名，念秋，「秋」是家中前輩的名中一字，「念秋」二字彷彿從一開始就在不斷提醒著苟姐，她並不完全屬於她自己。

「蓮超？」

「不，念秋！念——秋——」

「蓮——超——」

「不是蓮超！是念……算了，你叫什麼？」

「我？我叫阿某窩。」

舊日的時光過得慢，慢到要花上整整一盞茶的時間才能搞清楚對方的名字。原來那男孩既不叫「阿某窩」，也不叫「阿某」，而是叫阿穆。三層紅磚砌的宿舍樓，苟姐家住二樓，阿穆家剛剛搬到樓上，他說自己隨父母工作調動從廣東而來。阿穆濃重的口音惹人發笑，而那時的苟姐剛剛和父母鬧了矛盾，正處於苦悶之中，沒想到被這新來的鄰居逗得前俯後仰。

回到家中，氣氛依然沉悶。

一切都源自前些日子的一通電話，回想起來，打電話的人至今都是個謎。

二十三歲的苟姐在街道的服務社工作，那裡為周邊的群眾提供一些生活必需品的售賣。苟姐的工作說好聽點是個會計，說難聽點就是個成天打算盤的服務員。服務社裡有電話，而苟姐也承擔著接線員的職責，電話裡找誰便出門扯起嗓子大喊對方的名字，雖然確實是個麻煩差事，倒也因此聽來了不少閒話趣事。

那天，電話是找苟姐媽媽的，苟姐一再問對方的名字，對方諱莫如深。

叫來媽媽，苟姐眼看著媽媽的神情一點點變化著，平日裡聒噪的嗓音也越來越小。掛上電話，媽媽什麼也沒說，只是讓苟姐下班了早點回家。

飯桌上，媽媽和爸爸循序漸進的語氣讓苟姐感到不妙，果然，又說起來她的婚事。

「二十三歲，也不早了。」

「你總說要找個你喜歡的，我們聽了，讓你找，但你也沒找到啊。」

「你看看你表姐，就比你大一歲，孩子都兩歲了呢。」

「你算算，就算你馬上結婚，要生孩子那也得……」

「你哥哥也沒孩子，你也這副德行，這家真是不成樣子，我像你這麼大的時候……」

話術倒是沒什麼新意，還是這些舊句子。或許從古至今，乃至到了未來，家長們一直使用的都是這些句子。但這一次，苟姐感覺到父母的底氣更足了，一定還有她不知道的事情。

最後還是媽媽說的，說下午那電話裡的人告訴她，有人看上了苟姐。

苟姐知道自己是漂亮的，也一直引以為傲，追求她的人也不在少數。或許人性本身就如此，知道自己有選擇，便生出些傲氣，定要找個自己喜歡的人才行。託人來打聽苟姐的事情也不是第一次發生了，苟姐咯咯一笑，毫不在意。

媽媽凝重地伸出手來握著她，一字一句地向她解釋，要她這一次一定好好考慮。爸爸則在一旁捧場，添油加醋，保證對話的生動。

原來，對方是市長的兒子。如此簡單，甚至都沒有姓名，只是像公布樂透結果一樣帶著冷酷而羨慕的語氣通知苟姐的媽媽：對方是市長的兒子。據說是某一日在郵局看見了苟姐，一見傾心，託了不少人打聽，終於找到正主。

媽媽和爸爸在飯桌上仔細描述著這個活在傳說中的小夥子：是個大學生，至於哪個大學並不清楚，但為人總之是優秀的；畢業就分配到了市裡最吃香的單位，具體做什麼並不清楚，但前程總之是遠大的；風度翩翩，一表人才，談吐得體，輔以其他一些好聽的四字形容詞。據說他從小就跟著家里長輩外出交際，頭髮不長見識不短，而且酒量驚人，或許是遺傳，或許是天賦。

「你爸我就是吃了酒量的虧。」爸爸在一旁小聲說。

「有酒量，就有前途。」

這些廣告般的語言逐漸凝固在一起，在苟姐的耳中淡去。她壓根兒就看不起這個人，不管他身披了多少優美的片語和表達。在苟姐的眼裡，一個人喜歡自己，卻先找了另一個人去告訴自己的媽媽，管你多麼高貴，都是卑劣的。

苟姐自然是拒絕了，父母雖然不悅，倒也表現得平靜，彷彿早知是這個結果。而苟姐也知道事情並不會如此結束，她等待著第二輪的談判。

漫長的等待波瀾不驚，阿穆的出現也不過是霎時間的笑料，笑過便忘記了，生活還要繼續。

第二輪談判由爸爸在私下裡完成，雖然苟姐家並不大，嚴格說起來在哪裡談話都沒什麼隱私可言。所謂私下裡，不過是臨睡前坐在苟姐床頭的知心對談。這是家裡的潛規則，媽媽先動之以情，爸爸再曉之以理。

理是什麼呢？對方——那個打電話來的人，他承諾哥哥在鐵路系統的工作可以做出些調整，不必再沒日沒夜地跟車，換個後勤的工作，還能經常回家看看。

苟姐依然搖著頭，絲毫不為所動。爸爸的臉色有些惱怒，說她不該這樣自私，該為哥哥和嫂嫂考慮一下，否則總是天涯兩隔，真不知猴年馬月才能抱上孫子。哥哥和嫂嫂的事情一直是家裡的大石頭，爸爸自以為該有些力量，苟姐卻再次拒絕了。倒不是她不為哥哥考慮，她和哥哥是親密的，所以她記得哥哥曾經對她說過，自己不喜歡回家，一

回家就要面對父母、面對嫂嫂、面對沒完沒了的說教和爭吵。

那時的苟姐枕頭下壓著些關於愛情的小說，看多了，自以為對愛情有深刻的認知。關於哥哥，她所能想像的極限便是哥哥或許並不喜歡嫂嫂，或許喜歡別的女人，直到二十年後才得到了哥哥的坦白：他果然對嫂嫂並無太大的興趣，但對別的女人也是一樣。

最終讓苟姐動心、同意至少去見上一面的，是爸爸沒說出口的話。她知道爸爸的一生並不如意，年輕時遭爺爺牽連被打斷了腿，一輩子沒法再奔跑起來，小小的殘缺被人說了大大的閒話，半生都活在斜眼與排擠之中。爸爸不善言辭，不聰明，不開明，不會喝酒，有很多「不」可以形容他，但依然在一瘸一拐地奮鬥著。爸爸常說這是為了自己的晚年，但苟姐知道，更多的是為了這個家的晚年。

這是屬於爸爸的驕傲，也是他一生的重擔。如果自己去見上一面，萬一對方還有些順眼，萬一還有些喜歡，理所當然地成為大戶人家的兒媳，或許便能以一種得體的方式，解脫爸爸的驕傲。

入夜了，躺在床上，苟姐心緒難平。

她信仰愛情，卻不是個執拗的人，她知道有些「對的」事情未必都如自己所願。但這事情要她去犧牲掉的東西——傳說中的愛情，正因為她還從未得到，才越發覺得不甘和委屈。

她暗下決心，日後如果自己有了孩子，一定不去影響他的一切選擇。

可這孩子到底要和誰來生呢？要怎麼生呢？想到這裡，心臟的跳動忽然加快起來了。是像服務社裡小娟所說的那樣嗎？小娟嫁給了一個她不愛的人，她所描述的新婚之夜可並不美妙。

或許在許多年以後，當有人問荀姐愛情是什麼，她定能有無數的道理可講，組成精美的詞句，去證明她此生確實獲得過它——這是成年人專屬的權利；但在那個懵懂的年紀、那個懵懂的時代，愛情不過是一種感覺，沒人能說明白，不可說，一說就錯。

三

荀姐雖然對這市長的兒子沒什麼好印象，但畢竟也是個得體大方的人，赴約前把自己簡單裝扮了一番，胸前掛上一朵新鮮的黃角蘭，那股清新的氣息讓她著迷。而對著鏡

子，鏡中的美麗少女又憂愁起來，自己打扮成這樣到底是為了誰呢？為了市長的兒子？為了爸爸媽媽？為了哥哥？還是為了自己？

懷著複雜的心情，苟姐第二次遇見了阿穆，在樓下的車棚。

「蓮超！」阿穆遠遠地叫著苟姐。這聲音一下讓她笑了出來，即便此前只見過一次，即便還沒看見阿穆的臉，卻也知道了是他。阿穆個子不算高大，卻推著一輛大橫槓的二八腳踏車，擺出了一個滑稽的姿勢。

「蓮超，你看我怎麼樣？」

「跟你說過了，不是蓮超！是念秋！」

「好的，蓮超，你看我怎麼樣？」阿穆還一本正經地擺著那個滑稽的姿勢，苟姐又笑了起來，壞心情一掃而空。

「阿某！我看你，不怎麼樣！」苟姐憋著笑，故意把「某」字說得很大聲。

「不怎麼樣？」阿穆眨巴著他的大眼睛。

「不正經！」苟姐半開玩笑地說。

「那你要是說我不正經，那我都要說你，說……說你……」

阿穆似乎很想與苟姐拌拌嘴，卻苦於語言受限，漲紅了那張黝黑的臉。黃角蘭在苟姐的胸前散發出它獨有的香氣，點綴著這個時刻。阿穆想仔細看看這朵花，到底是什麼花，為什麼這麼香呢？但那花懸掛在這個女孩起伏的胸口上，他不敢。

苟姐不傻，她知道眼前這個看起來憨憨的男孩子大概是有些喜歡自己的，至少也覺得自己是好看的。這樣的事情曾經無數次在她身上發生，生得一副好皮囊，這便是代價。於是她也不以為意，或許阿穆過幾天便結了婚，再過幾天便忘了她——這樣的事情也曾經無數次發生，畢竟基於皮囊的喜歡，總是短暫的。

但苟姐忘記了，從前的那些人裡並沒有任何一個，僅僅是說出她的名字，便能讓她發自內心地笑出來。這簡單嗎？挺簡單的。難嗎？太難了。

苟姐對於和市長兒子的見面在心中進行過多次的預演，卻怎麼也沒想到，那個男孩子和苟姐見面後做的第一件事情，竟然是道歉。

他和市長一樣姓孫，卻執意要苟姐在稱呼他時去掉姓，只叫他瑞陽。瑞陽耐心而平和地解釋了自己為何要託人找苟姐的媽媽，而不是自己來找她。主要原因是怕苟姐已經

有對象，不想讓自己貿然的拜見影響家庭的和諧。總之說起來確實是這麼個道理，也確實是苟姐一直耿耿於懷的事情，被他主動點破，反而一下子輕鬆了許多。

瑞陽不過比苟姐大了兩歲，言談舉止卻像是個老江湖，滴水不漏，從容不迫。普通話字正腔圓，據他說是因為小時候隨父親的工作四處遷徙，練就了出色的語言能力。倒是輪到還帶著些鄉音的苟姐在他面前開始不自信起來，話也越來越少。

聊了半晌，苟姐發現眼前這個男孩顯然是個有抱負的人——雖然生在優渥的家庭，卻一再強調自己不願沾家裡的光，要靠自己的一雙手來打拚。甚至還說自己一定要與家裡脫鉤，以後絕不會從政，大概會選擇做生意的方式來證明自己。這段話還真把苟姐給打動了，倒不是說話的內容，而是他說話的語氣和神情，帶著天真爛漫的氣息。

瑞陽還很直接地向苟姐表示，如果兩個人好上了，不會讓苟姐承擔一分一毫的生活壓力，只需她打理好家庭、帶好孩子即可。苟姐往嘴裡塞了一大口飯，一邊吃一邊笑著，避免自己去回應這個問題。

席間，苟姐有兩次想起了阿穆，情不自禁地笑了出來。好在對方並沒有發現，還以為是自己講的笑話起了作用。苟姐自己也沒有發現。

竟然還是個不錯的小夥子，這讓苟姐始料未及。她甚至不知道該如何向父母交代，若是說真話，這段關係怕是要像送走哥哥的火車一樣就此鳴笛啟航；若是說假話，似乎又對對方太不公平。

回家敷衍了幾句，苟姐便說自己睏了，要去睡覺。留下父母在外屋小聲討論著女兒到底在想什麼。其實苟姐自己也不知道自己在想什麼，瑞陽確實配得上關於他的一切描述，是令人心動的。加上這「市長之子」的字首——他始終避諱的那個「孫」字，似乎更加沒有拒絕的理由。

雖然瑞陽一再強調不願沾家裡的光，但局外人都清楚，家庭這件事，不是一個人想撇清就能撇清的，不管是福利或是波瀾。而當苟姐實實在在地接觸了他，才真正明白了父母親的重視。她從前一直對父母說要找個自己喜歡的人，自認為是個愛情至上的浪漫女孩，或許只因為還沒遇到這樣的誘惑。苟姐對自己很自信，她知道自己只要答應了他，不久就會變成市長的兒媳，這家也將成為市長的家，家中的一切困擾也都將成為市長的困擾，進而化於無形。不過是點個頭與這個優秀的男孩子在一起，這一生便能少去許多的煩惱。

面對人性中最深的懶惰和慾念，苟姐不想裝什麼清高，她必須向自己承認，這樣的生活確實是頗具吸引力的。

要不，就這樣吧？她想。

但這想法很快就被動搖了，有多快呢？不過是天空中的月亮從一棵樹走到了另一棵樹。

四

入夜，窗外起了風，正是少女憂愁的好時節。苟姐自然不會錯過這姿態，合上小說來到窗邊，靠著窗兀自思量起心事。風大了，她把手伸出窗戶試探是否有雨，卻冷不丁地感到手中一沉，本能地抓住了一件東西，定睛一看，竟是一隻拖鞋。

她把頭伸出窗外向上看，三樓的屋頂上徘徊著一雙腳，左腳的腳尖上還掛著另一隻拖鞋，右腳光著，腳底板像一艘小船，在墨藍色的天空下悠悠搖晃。

那人低頭看見苟姐，黝黑的面龐融入了夜空，一雙眸子像星星般閃亮。

「咦？蓮超！」這聲音告訴苟姐，是阿穆。

苟姐又笑起來，試著把拖鞋往上扔回去，調整了幾次還是不敢撒手，怕阿穆接不住。

「你上來啊！」阿穆說。

這個不過兩面之交的陌生男孩，危險，卻充滿著誘惑，就像每個人被深埋在身體裡的另一個自己。夜已深，父母早已入睡，苟姐拿著拖鞋悄悄溜出家門，也不管自己還穿著單薄的睡衣，就這麼爬上了屋頂。如果此時有任何一個旁觀者，她都會回到一個姑娘家該有的姿態，或許換一身得體的衣裳，或許留在屋裡。但當這夜色裡只剩下她自己，她是自由的。

阿穆到屋頂門洞的梯子前來接她，一把抓住了苟姐的手，樓頂的風灌進睡衣裡，領口的縫隙幾乎讓苟姐的全身都展現在了阿穆的面前。阿穆趕緊撇過了臉，苟姐也忽然意識到了，趕緊用手壓住了蓬起的胸襟，裝作若無其事的樣子。

第三次見到阿穆的時候，一輪漸盈的明月掛在黯淡的天空之中。

這個男孩雖然隨著父母來到北方，但似乎還保留著南方海邊那原始而粗獷的氣味——一雙隨意蹬著的拖鞋，大到有些鬆垮的短褲，白色的背心勾勒出精瘦卻緊實的

軀幹，就這麼悠閒地遊蕩在紅磚樓的頂端。行走間，拖鞋發出「啪啦啪啦」的聲響。

荀姐問阿穆，這麼晚了在樓頂做什麼。阿穆回答她，看天。

若是換個人說出這句話，比如孫瑞陽，或是任何一個在這個城市裡故作深沉的男孩，聽起來無論如何都是矯情而做作的。但它出自阿穆之口，帶著濃重的口音，帶著未經雕琢的純真，就能讓荀姐相信，他真的是來看天的。

大概因為在屋頂門洞的窘態，荀姐始終和阿穆保持著些距離。她這二十多年來的所有生命經驗都在告訴她，歸還了拖鞋便該回去了——但她又有一種強烈的想要留在這裡的意念，這意念不受人控制，如同月光一般從天而降，遍布她的全身。她任由心中的兩股能量交戰，自己默默跟在阿穆的後面，聽著他說起那些毫無邊際的事情。

「你看最亮的這一顆，這是金星。」阿穆指著天上清晰可見的星群說。

「為什麼它最亮呢？」荀姐順嘴問道。

「因為啊……因為它是金子做的窩！」阿穆說完便笑起來，回頭望著荀姐，似乎在等待著對自己這個小笑話的認可。荀姐也配合地笑了，她發現阿穆有時會在一句話的結尾加上一個「窩」，有些可愛。阿穆指著天讓她去看那顆耀眼的金星，但她眼中所看見的卻只有阿穆那兩排雪白的牙齒，比金星還要閃亮。

那時的阿穆當然不會知道，金星的閃亮只因為它有著比其他近地行星都更加厚重的大氣層，大氣層下的土地上還保留著洪水奔流的痕跡，或許也是生命甚至愛情曾經存在的證據。但在這一刻，宇宙的真相併不比逗笑身邊的女孩更重要。

「蓮超，你過來！」阿穆又回到了屋頂的邊沿，拍了拍身旁的位置，示意茍姐坐下。

茍姐當然是有些害怕的，但這方屋頂此刻瀰漫著讓人勇敢的魔力，便不甘示弱地、大著膽子坐了過去。縱然只是三樓，那高度也好似深淵一般橫在眼前，看一眼彷彿就能想像自己掉下去摔得粉身碎骨的樣子，茍姐本能地向阿穆的方向靠了靠。

「哎，原來你是個膽小鬼窩！那我來教你一個方法，別看下面，看上面。」阿穆輕輕拍了拍茍姐的肩膀，這輕輕的觸碰讓茍姐打了個激靈。

「你怎麼……嗯……這麼晚了……你怎麼還在這裡呢？」茍姐慌亂地摸著自己的頭髮。

「我都跟你說啦。」阿穆望向頭頂的天空。

「如果在看天的時候呢，就都好似沒有離開家一樣窩。」阿穆仰著頭，輕聲說道。

「啊？為什麼呢？」

「因為雖然地上變了，天上卻不會變的。」

阿穆用近乎膜拜的眼神望著星空，側臉的輪廓映在苟姐的眼中，竟是那麼順眼。苟姐似乎看見了那個南方海邊的小孩，在沙灘，在山野，在城市，一次次抬頭望著天空，這些恆久不變的東西讓他感到安穩，以應對世事的無常。

人與人的相交相識相知，本亦無常，苟姐此時根本不了解關於阿穆的一絲一毫，但卻從這一刻開始理解他。這種髮生在剎那間的理解甚至超越了她對孫瑞陽、對哥哥、對父母的一切理解，輕易地就進入了她靈魂的深處。於是她也試著抬起頭，看著滿天耀眼的光芒，看著那顆並不完整的月亮，去觀察月亮上那些細小的暗斑，去感受阿穆所說的「家」。

忽然間，苟姐感到阿穆的手搭上了自己的手背。她只感到渾身發熱，想抽離，卻無法動彈。她甚至不敢側臉去看他，只能僵硬地抬著頭，用餘光看見阿穆也依然仰望著天空。苟姐腦中一團亂麻，算計著關於這個夜晚的千萬種可能。

阿穆的手忽然停了，移開了，似乎在等待苟姐的回應。苟姐不知道他的手到底去了哪裡，也不知道該做出怎樣恰當的動作，只能等待著，而阿穆那邊卻再也沒了動靜。苟姐感到自己的指尖都開始發燙，忍不住了，轉頭望去，卻看見阿穆也正在望著自己。

苟姐緊緊閉上了眼睛，當作對他的回應。她感到一股熱氣緩緩靠近自己，而自己像是一塊故作堅強的冰，在這團熾熱的能量面前，就快化了。

天空好似一個識相的旁觀者，推來了幾朵雲彩，為這個夜晚的屋頂熄了燈。

第三次見到阿穆，他像南方溫暖的潮水，在月亮的牽引下慢慢湧起，淹沒了苟姐的全身。

五

回想到那個夜晚，即便苟姐已經年過五十，依然是滿面潮紅。

她已經想不起來上一次和丈夫親密是什麼時候，或許再仔細想想還能勉強記起。但再上一次呢？上上次呢？手中那塊阿穆送給她的石頭，就像回憶裡他的觸感，堅實而粗糙。

或許記憶的用處便在於此，在生命漫長的枯萎中提醒自己，曾經豐盛的樣子。

六

那個夜晚之後，按苟姐看的那些小說裡的說法，苟姐成了一個女人。

自從了解了成人世界的規則，苟姐曾經在心裡一次次勾畫出這一夜應有的樣子，卻從未想過會在自己家樓頂的天臺上，會如此草率，如此隨意，如此經不起推敲，而對方竟然是……是一個幾乎等同於陌生人的……阿穆。

羞愧、自責、慌亂，這些情緒奔湧在苟姐的心頭。

她內心世界的居民——爸爸媽媽、哥哥嫂子、朋友同事，甚至擦肩的路人，都一個又一個地走到她的面前，指責著她。與此同時，她又對抗著另一種強烈的感覺，那種與另一個人拋開所有外在的桎梏，深切地交融在一起——令人沉醉、愉悅，卻又黏膩、模糊的感覺。

苟姐知道，在自己的內心，明明是感到歡喜的。但即便是在自己的內心，在這個只有自己可以主宰的地方，她卻竟然不敢去歡喜，還要生生地抹去這歡喜，要自己去羞愧、去自責、去慌亂。

她特別想告訴服務社的小娟，這件事並不痛苦，但她開不了口。

還有阿穆，這個如野草般生動的男孩……男人，他到底是什麼樣的？自己是不是真的喜歡他？苟姐一次次地問著自己。

阿穆和自己同齡，是廣東人，從小在海邊長大，父母被派遣過來工作。阿穆很黑，很瘦，很喜歡看天。阿穆的普通話有讓人發笑的口音，阿穆高中就輟學了，阿穆是個膽子很大的男孩，阿穆想家。

這是那個夜晚之後苟姐對阿穆僅有的認知，要如此就確定自己喜歡他，似乎並不足夠。她一直號稱要找一個自己喜歡的人，卻不知道自己到底喜歡什麼樣的人。

沒關係，苟姐告訴自己，我還有時間可以去思考。可惜在時間的另一端，還有人在不斷催促著她。

第二次見瑞陽的時候，苟姐已經一週沒見過阿穆。

其實在樓道裡和阿穆偶遇過一次，阿穆攔住苟姐想說些什麼，但苟姐本能地避開了眼神的交會，迅速地閃開了。阿穆似乎也因此而明白了她的意思，一直不再相遇。

阿穆的心思，苟姐猜不到。但苟姐自己其實從未想過是否被占了便宜，抑或是阿穆是否是個不負責任的男孩。她心知這一切都是在自己的默許下發生的，自己甚至也是享受的，但她無法面對自己的感受，也不明白自己為何要那樣做，為何要像一本最劣質的愛情小說，把自己獻給一個並不熟悉、並不優秀，也並不精緻的男主角。

要說優秀與精緻，阿穆甚至不及瑞陽的十分之一。

瑞陽和苟姐約在了城市裡最好的賓館的西餐廳，入座後，瑞陽問出的第一個問題，是問苟姐為何沒有再戴一朵黃角蘭。

「上次你戴了，很漂亮，也很香，很配你。」瑞陽說。

苟姐於心有愧，假裝害羞地笑起來去掩蓋心中複雜的情緒，同時少女的心也真實地被這個細緻的觀察者打動。她也默默觀察著瑞陽吃飯的姿態，她知道吃西餐有些規矩，但她不願問，更不願表現得難堪。好在瑞陽倒是自然地玩弄著刀叉，一副很熟練的樣子。苟姐依樣畫葫蘆，切著一塊有些柴的牛排。

「今天，我們聊聊你吧。」吃了一會兒，瑞陽忽然說道，語氣活脫脫像個和員工談話的領導。

聽到這句話，苟姐愣住了。瑞陽還以為是因為自己不夠得體，卻不知苟姐只是忽然想到，自己從未和阿穆說過關於自己的事情。進而又想到，就連父母、哥哥，也甚少讓她聊聊她自己。她生活裡的每個人都關心她，都和她交流，與她談心。但仔細想來，大家好像只是在關心那些和她有關的事情，她自己的感受、自己的心情，從來無人問津。

或許也正是因此，她自己甚至缺乏練習，從來都不知道該如何去梳理自己，才會連在自己的內心世界裡也軟弱不堪，不斷卡在生活的階梯上，進退兩難。

「我？我有什麼好說的。」苛姐訕訕地笑著。

「有啊，當然有了，關於你的事情，我都想知道。」瑞陽直勾勾地看著苛姐，看得她心慌。

「不，我真的……沒什麼好說的……」苛姐一再拒絕。

「念秋，關於你，我可能沒什麼好說的，你的朋友可能沒什麼好說的，甚至你的哥哥、你的父母可能都沒什麼好說的。但你自己，只有你自己能告訴我，你是什麼樣的人。」

「如果你都不能告訴我，那還有誰能告訴我呢？」瑞陽依然直勾勾地看著苛姐，眼神裡滿是熾熱的真摯，但那種溫度和阿穆不同，更平和，更堅定。

苛姐退無可退，好像一個在課堂上被點名回答問題的孩子一樣，踉踉蹌蹌地開始講

述關於自己的事情，實在聊不下去了，就插播一些在服務社裡聽別人打電話聽來的奇聞逸事。而這跟跟蹌蹌之中，也自然地鋪陳著一些精緻的序言，比如哥哥的工作、爸爸的身體。這些自己說出的話、自己說話的方式，讓苟姐暗暗吃驚，彷彿自己也在漫無目的的講述中重新認識著自己。瑞陽在一旁聽得津津有味，時而點評幾句，時而安撫幾句。他並不知道，或者並不在意，這裡面的很多序言興許就是說給自己的。

吃完飯，瑞陽提出繞個遠路，從河邊散步送苟姐回家，苟姐拒絕了。瑞陽又以為是自己操之過急，卻不知道，苟姐只是累了。

苟姐也沒想到，聊自己的事情，聊自己的心情，帶著某種目的去表達自己，原來這麼累。

回到家，父母期盼的眼神逼著苟姐給出一個交代。

「還行，很細心。」苟姐如是說。

「細心好啊！細心才能照顧好你！」媽媽一聽，細心至少是個褒義詞，興奮地說著。

「確實，細心很重要，你爸我就很細心。」爸爸也敲著邊鼓。

「就你？年輕的時候還行，現在才知道都是裝的！別聽你爸瞎說，你和小孫都聊什麼了？你說說看，我給你參謀參謀。」媽媽還在刨根問底。

「聊了⋯⋯聊了我。」

「你？」

「對，聊了我。」

「嘿，你有什麼好聊的。」

苟姐應付了兩句又回到屋裡，癱倒在床上。

是啊，自己有什麼好聊的呢？的確是生得好看些，還能好看過王祖賢嗎？的確是憧憬愛情，卻也愛不過瓊瑤筆下的男男女女。至於理想，當醫生、當老師、當解放軍，亦是太普通的理想，況且也一個都不曾實現。普通的家庭，普通的生活，一切都這麼普通的自己，有什麼好聊的呢？越是這樣想，越覺得和瑞陽的這一餐飯像是一場災難。

哦！對了！自己的姓並不普通，還鬧過不少的笑話，下次就說自己的姓吧。想到了下次聊天的內容，苟姐突然輕鬆不少，就這麼睡著了。

躺了一會兒，睜眼已經入夜，窗外的天空清朗如新。苟姐悄悄把頭伸出窗外向上看，看見了一雙拖鞋在屋頂的邊沿晃盪著，好像冥冥之中有什麼在召喚著她。

七

如果再見到阿穆，自己該說些什麼呢？要介紹自己的父母給他認識嗎？要從此不再見瑞陽嗎？要像古時候的女子一樣去討要自己的名聲嗎？

如果只有百分之六十的心情想要去擁抱他，如果還有百分之四十的心情想要逃離他，如果去做了其中的任何一樣，便是要把這原本可以模糊不清、左右難平的東西帶入這個紮紮實實的現實世界裡來，讓它化為有形，讓它把百分之六十或四十，通通變成了百分之百嗎？

苟姐的問題，如瑞陽一樣聰慧的人，也未必能回答。

放棄了思考，放空了自己，苟姐如夢遊一般地又來到了屋頂。

這一次，苟姐沒說一句多餘的話，只是在阿穆還沒反應過來的時候就抱住了他。慢慢撫摩著他背脊的筋節，摩挲著他粗糙的臉龐，啟動著他的慾望。兩個人刻意彼此疏遠了一週，誰也沒問為什麼，似乎那並不重要。

苟姐背靠著樓頂的煙囪，把頭枕在阿穆的頸窩。

「阿穆，說說你自己吧。」她悄聲說。

「說我自己?那你明天中午都回不去了窩!嘿嘿，嘿嘿……」阿穆自以為好笑的笑話並沒有換來苟姐的捧場，只能兀自傻笑起來，望著遠處。

「這裡不好，要爬到三樓才能看見地平線窩。不像我老家窩，出門就有的看。」阿穆感嘆道。

「那就從你的老家說起?」苟姐說。

阿穆沉思了半晌，開始緩慢地、盡量準確地講述起自己的故事。

苟姐本以為阿穆身上總該帶著別樣的故事，才會有別樣的魅力。可阿穆的故事裡沒有任何的驚喜，也沒有任何的驚嚇，幾乎可以等同於任何一個南方男孩的歷史，平凡得像一張老信紙。但苟姐依然聽得入神，時不時糾正他的發音，問一些南方的人事講究。直到天色泛白，苟姐才慢慢明白了，阿穆沒有像瑞陽一樣值得大說特說的精彩人生，卻也不像自己一樣自認平凡。只因為他是阿穆，他家的船、船行的海、海邊的狗、狗刨的坑、坑裡的泥土，關於他的所有平凡，都顯得精彩。

再和瑞陽見面，苟姐試著像阿穆一樣去說那些生活裡最最細小的事情，也按計劃講

了自己那些因為姓「苟」而發生的趣事。比如小時候總被叫「小狗」，還被人起了外號叫「狗攆球」。瑞陽樂呵呵地聽著，時不時發出些捧場的評論，聽到「狗攆球」時笑得合不攏嘴，見苟姐表情嚴肅又趕緊表示歉意。

「完了！我就不該告訴你！你現在一叫我念秋，是不是就會想到這個『狗攆球』？」苟姐嘟囔著，假裝生氣地說。

「那當然了！」瑞陽毫不猶豫地點著頭。

「你！你別出去瞎說啊，別人都不知道的！」苟姐被瑞陽逗得急了。

「我才不和別人說呢！你看，別人都只知道你叫念秋，現在我還知道你叫『狗攆球』，這就是我和你之間的祕密了！」瑞陽大概是自覺和苟姐已經熟絡起來，說話的分寸也逐漸放開。

「那要拉鉤！」苟姐笑著說。

「好！」

拉完鉤，瑞陽借勢握住了苟姐的手，他感到苟姐的身體發出了一陣微小的顫抖，又很快放開了。

「我希望，我們之間可以有越來越多的祕密。」瑞陽如此說。這是一句屬於男女之間最初的情話，而瑞陽永遠無法料到，它會以怎樣的方式應驗。

苟姐臉紅了，羞澀得像一朵花。但她想到阿穆的時候，羞澀就成了羞愧。

「蓮超，你今天做什麼了？」阿穆問苟姐，而苟姐此時早已不再去糾正他如何稱呼自己。

「去……去見了個朋友。」苟姐低著頭，不敢直視阿穆。

「哎喲！你都有朋友窩，我都很羡慕你了！我就你一個朋友窩，蓮超，你不要拋棄我窩！」阿穆依然是阿穆，說著這種自以為是的笑話。

「其實也不算朋友，就是……市長的兒子。」

說出這句話，苟姐自己都吃了一驚，暗暗責怪著自己。她和阿穆的關係換任何人來看都是出格的，而即便如此，她也從未因此覺得自己對不起誰。但這一次，因為這句脫口而出的話，她第一次對瑞陽感到十萬分的抱歉。

「市長的兒子？那一定是個正經人了！我就不一樣了窩，我爸以前開船來的，我是

船長的兒子!哈哈!」阿穆說這句話的時候背過了身子，如果此刻的表情會成為他生命裡的某種證據，那這證據注定要失蹤，永遠不可考證。

就這樣，盤桓在阿穆和瑞陽之間，苛姐成了一個壞女人，至少她是如此懷疑自己的。

什麼是「壞」呢?苛姐問自己——大概就是不負責任的貪婪吧。她貪圖瑞陽的沉穩，貪圖阿穆的熱情，貪圖關於瑞陽的未來，貪圖擁有阿穆的現在。為什麼呢?或許因為她既不夠沉穩，亦不夠熱情，無法想像未來，亦無法控制現在。

在她的身體裡，有些本該長大的部分從未長大，如今要用來支撐起關於人生的選擇，才發現空空蕩蕩，孱弱無力。她甚至懶得去分辨自己到底喜歡誰更多一些，因為一旦得出了答案，就被迫要去放棄些什麼。就這麼糊塗著吧，也挺好的。

八

古人說，難得糊塗。

但糊塗也是絕佳的避難所，是逃避的另一種形態。難得糊塗，也是在告誡世人，不能總是逃避。這道理當年的苟姐自然是不懂，如今年過半百，終於明白了一些。

丈夫此刻大概已經滿臉通紅，結束了第一輪的敬酒，開始了「自由搏擊」的階段。女兒呢？或許在夜空下的某個角落和男友散著步，說著浪漫的情話。鍋裡熱著中午的剩菜，苟姐還拿著那塊石頭，遊蕩在漂亮的落地窗前。

如今的這座城市，即便住到了二十七樓也還是看不見地平線，倒是天空依然悠遠而沉寂。誠如阿穆所說，看著這片天空，苟姐想念起夢裡的家鄉，即便家鄉就在腳下。

阿穆說過，地上會變，而天上永恆。

霧霾那幾年，天空灰暗，苟姐常常看不見月亮，看不見金星。現在算是治理有成，滿月又爬上天來。那月亮圓得完美，毫無殘缺，任誰也無法相信，有人從那裡掰下來一塊石頭，送給了苟姐。

九

那天剛剛下過雨，深夜屋頂的空氣裡滿是青草和泥土的氣息。

「念秋。」阿穆第一次叫對了苟姐的名字。

「阿某，你該感謝我窩！你現在的普通話進步不少啊！」苟姐學著阿穆的口氣，笑著說。

「念秋，我是專門練習的窩！」

阿穆這次的表情有些嚴肅，他輕輕握住苟姐的手，細緻地撫摩著。

「念秋，你知道我之前為什麼都沒有對你說要和你談對像嗎？」

阿穆把「談對象」三個字說得很重。苟姐心裡一驚，忽然意識到阿穆好像真的從未對自己提出過任何的要求。他就像自己藏在屋頂的祕密，從來都只是自己去貪圖他，從來都理所當然地出現在那裡。但她卻從未想過，或者不願去想，他是否也有屬於他自己的貪圖。

「談對象」這個詞是阿穆專門找人學的，他認為用苟姐的語言去表達，比起「拍拖」這樣的詞語更有誠意。

「我今天找到工作了窩，念秋，我以後就在東郊那邊的鞋廠搞生產，一個月有一百五十塊！」

「所以……我現在，正經了窩！念秋。」

阿穆像從前一樣笑著，看著苟姐，但他顯然在期待著什麼，笑起來已經有些費力。這時苟姐才發現，阿穆今天穿了一件新買的短袖衫，雖然依然蹬著一雙拖鞋，但穿上了襪子。

苟姐沉默了，她可以說些無關緊要的話去應付阿穆，但她不願意。她一直知道這樣的生活是「錯」的，這一刻她明白，該結束了。而眼前的這個「有所求」的阿穆，或許才是真實的他吧？那個原本純粹而美好的阿穆，或許一直都只是一個苟姐自身無比自私的投影。

苟姐想再去抱著他、占有他，但她也不願再做那個人了。

忽然間，她想起了瑞陽。

孫瑞陽，這個人到底在苟姐的生命裡有多麼重要，即便到老也無法說清。苟姐總是不斷想起他，雖然想不起他的臉，想不起他那威風凜凜的父親，想不起他精彩的履歷，但他的話語總是迴響在苟姐的心裡。

哪怕只是這麼一句話，也值得用餘生去感激。

「阿穆。」苟姐望著阿穆，阿穆猜想她接下來的話就要宣判自己，笑容早已垮塌。

「阿穆，我們今天，聊聊我吧。」荀姐說。

荀姐第一次，輕鬆地、全盤托出地聊起了自己，聊起了父母，聊起了哥哥，也聊起了瑞陽。而聽到瑞陽就是那個「市長的兒子」時，阿穆的眉頭輕輕皺了一下。

荀姐對阿穆講述了自己內心深處所有的糾結和不堪、壓力與迷茫。這些擠壓在她身體裡的東西在這一刻被傾倒進了南方的海裡，她不知道這海是否能消化它們，或是捲起浪來把它們拍打回她的身上。

「念秋，如果那個瑞陽不是……如果我是……」阿穆結巴起來，毫無平日的風趣瀟灑。

「阿穆，你說，我喜歡你嗎？」荀姐真誠地望著阿穆，似乎期待著他能回答。

阿穆緊閉著雙唇，一言不發。

「人，總要長大吧。」荀姐也沒等待他的答案，望著他身後的月亮，淡淡地說。雲朵緩緩移動，月光漸暗，阿穆的輪廓也逐漸模糊起來。

「就好像月亮一樣，明天和今天總會有些變化，一個人只想要今天的月亮，就太自私了。」

「你喜歡今天的月亮窩？那我就給你摘下來！」阿穆忽然站起來，高高舉起手，一蹦一跳的，非常滑稽。

這一幕並沒有逗笑苟姐，但她知道這是阿穆的方式，是他應對尷尬，甚至逃避的方式。

摘月亮，世間多少男孩都說過這樣的情話。但阿穆就是阿穆，他就是總能去做那些很多人都做過的事，卻讓它顯得獨特而珍貴。

「哎喲！」

這一聲驚呼毫無演繹的成分，阿穆似乎是被樓頂的水管絆了腳，忽然踉踉蹌蹌地往邊上倒去，眼看著就要摔下樓。苟姐一屁股從地上坐起，伸手抓住了阿穆的一隻腳。誰知阿穆這人雖然看起來瘦弱，實際上毫不輕盈，連帶著苟姐一起摔向了樓頂的邊緣。

原本浪漫的情景，只在剎那之間就成了人生的轉捩點。阿穆和苟姐一起，從三樓的樓頂摔下。

十

再次恢復意識的時候，茍姐發現自己趴在阿穆的身上，兩個人摔在了一片深深的灌木叢裡。

茍姐只是有些手臂上的擦傷，而阿穆被她壓在灌木之中，滿臉是血，不知生死。仔細一看，他左耳根部被灌木的枝丫幾乎割掉了一半。茍姐此刻幾近失去了聲音，衣衫不整，不斷搖晃著阿穆。

阿穆的手忽然動了一下，眼睛也緩緩地睜開。驚恐之下，茍姐完全不知道該如何面對眼前這一幕。而這時，一樓的一戶燈光亮了起來，大概是聽到了兩個人墜樓的動靜。不遠處漸漸響起了鄰居出來詢問的聲音。

「念秋，快跑。」阿穆忽然含混不清地說著。

「被別人看見，對你不好。」

阿穆抬起手，放到了茍姐的身前，他的手裡捏著一塊石頭。他竟然笑了。

「太大了，摘不下來，就一塊石頭。」

這石頭顯然是剛剛從灌木叢間的地上撿起的，還沾著些雨後溼潤的泥土，而阿穆看起來也處在劇痛之中，卻居然強忍著笑了出來，盡量保持著那個滑稽有趣的自己。

「念秋，快跑。」

那個時刻，苟姐在後來的日子裡曾經無數次地回想起來。

在那一刻，一切語言和有形的感受都消失了，一切可以被文字和姿態所表達的屏障都被刺穿。似乎她這一生也只有在那一刻，終於可以拋開一切束縛，走進自己的內心，去見到那個被囚禁在其中的女孩，去看見她，去擁抱她，去詢問她。

「嘿！念秋，是我啊，我就是你。」

「念秋，你要……跑嗎？」

十一

今夜的月亮無比圓滿，是它應有的、成熟的樣子。

但即便是這世上最傻的孩子也明白，明天它又要殘缺起來。

丈夫在身邊打著足以擾民的呼嚕，即便洗過澡也散發著消散不去的酒氣。

那塊石頭已經被收拾妥帖，放回了床下。它就像一瓶苟姐私藏的紅酒，愈老愈醇，卻只能獨飲，無法分享。丈夫曾經送給她無數價值連城的禮物，戴在手指上，放進櫃子裡，藏在抽屜中，卻沒有一件能比得上這塊被壓在幽暗床底的、已經乾枯的石頭。

苟姐轉過身去，丈夫肥碩的後背隨著呼嚕聲起伏著，她輕輕靠近，慢慢抱住了他。

她把頭靠在丈夫的頭邊，吻了他的左耳。

是的，或許他最終成了另一個人，一如所有成長的騙局。

但苟姐並不在意。

「阿某，我愛你寗。」她輕聲地說著。

在丈夫左耳的耳根上，留著一道長長的傷疤。

彎彎斜斜的樣子，好像一輪並不完美，卻烙印在永恆天幕中的不變的月亮。

聽見貓聲

年紀越大，日子的腳步越輕。

像貓一樣，無聲地穿行在歲月裡，雖明知是在那裡的，卻難覓蹤影。

唯有些毛髮遺落在生活細小的夾縫中，是它來過的證據。

一

老李坐在落地窗前的老籐椅上，夕陽的光芒如冰，凝固了他臉上的皺褶。

七十來歲了，花白的頭髮正如生命的預言般凋落殆盡，籐椅發出輕微的吱呀聲，但這種程度的聲響，老李已經聽不見。

老李本來是叫李解放的，年輕時遭遇家族變故，改了名字叫李解，聽起來竟也文雅許多。

改名叫李解以後，這世界上只有一個人還叫他原來的名字李解放，是他年幼就相識的愛人。愛人十幾年前病逝後，沒人再喚他從前的名字，老李孤獨的過往開始在回憶裡萎縮，像老樹悄然枯萎的根。

老李所住的小區不算新，但地段好，是老李二十年前為自己和愛人買下的。房子在一樓，飯廳的落地窗外送了一方面積不大的花園，正是這花園俘獲了愛人的心，讓老李狠心掏出了當了大半輩子會計的積蓄。後來房價飛漲，老李總說幸好自己耳根子軟，聽愛人的話才買下了這房子。可惜無論耳根子多軟，也換不回一個活著的愛人。

愛人生前鍾愛園藝，這花園原本是交給她料理的。她大名叫玉蘭，便也種了幾棵玉蘭樹，開起花來活色生香，老李心中喜樂，每天都要坐在落地窗前美滋滋地欣賞，那是他最後感到幸福的日子。愛人走後的第二年，玉蘭樹便全都死去，花園從此荒蕪起來，像一則拙劣的寓言。老李也曾試著挽救，並不成功，無花也無果。

如今花園裡大部分地方都堆著雜物，唯有一個角落裡放著一幢紙殼搭建起來的小房子。小房子歪歪扭扭的，顯然搭建的手藝並不精湛，不知情者大都認為是孫子的手筆，卻不知實際上是老李親自搭起來的。

每逢日暮，老李依然會坐在那老籐椅上，看著窗外的花園發呆。

他在等待一隻貓。

貓這動物，腳步本輕，來去如雲。

老李在花園的籬笆上裝了幾個小鈴鐺，每當籬笆外的灌木輕輕擺動，搖晃著小鈴鐺響起清脆的聲音，便是貓來了。

一隻黑色的公貓，輕躍穿行時帶起些塵土，卻掩蓋不了一身烏黑油亮的毛髮。唯有四個爪子是白色的，鄰居們都說這叫「烏龍踏雪」。貓知道路，自己走進老李搭起來的紙房子，在角落裡找到了老李提前放置的貓食，回頭看老李一眼，像是在說：「我開動啦！」。

吃完貓食，黑貓會蜷縮在紙屋裡一處乾淨的角落，對著在不遠處一直望著他的老李「喵」一聲。老李聽明白了，便從籐椅上起身離開，去廚房做自己的晚餐。一場十分鐘的約會，定時散場。

黑貓目送老李遠走，開始一寸寸舔舐自己的身體，自覺乾淨了再伸個毫無章法的懶腰，擺了個舒服的姿勢睡去，等老李再來看它的時候，往往就已經不見。

或許因為貓被人類馴化的時間並不長，才會在某些瞬間裡，像極了人。

黑貓並不是老李養的，準確地說，它是老李的朋友。

老李與黑貓交情不淺，已經認識十幾年。黑貓的父母是曾經常在小區出沒的兩隻已故的大白貓，一對白貓生出黑貓實屬罕見，若能說話，想必要有一番關於忠誠的爭吵。

黑貓生下來就無人認領，在小區裡四處亂跑。老李偶爾餵過幾次麵包，黑貓便時不時來老李的花園裡拜訪。老李起初是拒絕的，但那黑貓看他的眼神好像一根可以拐彎的針，繞開了老李堅強的面目，探入了他藏在眉毛深處的孤獨。那時老李剛剛喪偶，之前長達兩年的時間裡在家和醫院之間來回奔波，耗盡了他的心力。正在生活鉅變中頹廢著的老李知道，那貓已經看出來了，他老李平日裡也根本無事可做，無人相伴，默默度日。不餵這貓，還能餵誰呢？

老李，早就老了，時光流逝，不過是更老而已。但這黑貓十幾年間卻從一隻巴掌大小的小乳貓變成了如今的老江湖，按貓界的年齡來算，老李現在或許還得稱它一聲「哥」。

後來，老李也偶爾拜託兒子去買些進口的貓食，週末過來看望自己時再帶過來。「我爸愛餵流浪貓」——這是兒子小李給老李下的定義。但老李是拒絕稱黑貓為流浪貓的，「人家有家！小區就是它家！哪有什麼流浪的說法。」這是老李的理由。「但是它沒有主人，沒主人的貓就叫流浪貓。」小李的理由似乎也說得通。

老李也試過成為黑貓的主人，可惜人家不羈放縱愛自由，每次請進家門後，只是留下一屋子髒兮兮的爪印又悄然離去。失敗了幾次，老李也就隨它去了。

老李是資深的會計，習慣了什麼事情都得算算，唯獨對於這貓，他只是笑呵呵地給予。

二

去年一個陰冷的雨天，黑貓帶來了一隻狗。

黑貓用走鋼絲一樣的高難度姿勢在雨中的籬笆頂上來回踱步，一聲長一聲短地叫著。老李心知有異，冒著雨去花園裡一看，籬笆外面蹲著一隻小花狗。

這小花狗體形不算大，短鼻子短腿，大眼睛胖屁股，看起來是個混血。小花狗和黑

貓一樣全身溼透了，黃白相間的毛髮裡裹著些泥漿，抬頭望著老李，搖晃著尾巴。這小花狗的外形雖不占優，卻擺出一副討人喜歡的樣子，撲閃撲閃的大眼睛讓老李很是受用。

季節變換中，這一場雨讓氣溫驟降。老李不忍心，便把小花狗抱了進來，找出塊不要的毛巾簡單擦了擦，放進了屋。說來也怪，小花狗一進屋，黑貓也跟著進來了，蹭著老李的褲管，大概也要求給自己擦一擦。而貓、狗身上的毛髮太濃密，擦完了依然裹著泥土細草，老李索性給它們各自洗了一個澡，再從櫃子裡找出很久沒用的吹風機，吹了滿地的毛。

前後折騰了三個小時，老李累倒在沙發上。他的腰一到陰雨天就疼得厲害，有些後悔給自己攬了這麼一攤子事情。歇了半晌，老李發現黑貓竟沒有要走的意思，已經找了個角落趴下，又開始舔舐身體。小花狗也毫不見外，左聞右聞地圍著老李轉悠。

小花狗是一隻母狗，淚痕深邃，毛髮雜亂，顯然無人打理。或許是流浪狗吧？可它同時又毫不怕人，一副和人類相熟的樣子，又或許還真有個主人？老李有些納悶兒。

關鍵的問題是，它很胖，趴下時腹部的贅肉攤在地上，像個圓鼓鼓的毛球——這世界上沒有任何一隻流浪狗可以胖成這樣。老李去養狗的鄰居家借了些狗糧，小花狗聞了聞便走開了，倒是喝了不少水。它到底餓不餓?難道瞧不上嗎?看包裝，這狗糧也不便宜。

雨下了一夜，黑貓直到天亮還睡在老李臥室的門口，小花狗則蜷在了床頭和衣櫃的縫隙之間。老李起初還擔心它鬧騰，沒想到全是多餘，一夜無聲。

「懂事兒!」老李輕嘆道。這是他對小花狗最初的評價。

吃過早飯，小花狗在門口轉悠，一副著急的樣子，嘴裡還哼哼唧唧地說著些什麼。老李思索了一會兒才想起來應該是要遛狗的，便打算帶著小花狗出去散步。走到門口又忽然疑惑，這狗為何一定要出門解決屎尿?還沒來得及思考，黑影一閃，黑貓也跟了出來。

老李並沒有遛狗的裝置，屬於「散戶」，按現如今對遛狗者的要求來說，大概要算在「沒素質」的範疇裡。但這小花狗彷彿認準了老李，即便遇上別的狗也是寸步不離，倒沒有惹出什麼事情。黑貓呢，悄悄地穿行在步道邊的草叢中，無論老李和小花狗走到哪裡，它都以一副滿不在乎的表情存在於不遠的地方。

老李一直拒絕給黑貓取名字，說人家既然不願進門，就別給它取名字，取了名字便要承擔責任。就叫它黑貓吧，也挺好。對於小花狗，老李是一樣的心思，就叫它小花狗。奇妙的是，小花狗竟然也能應老李的呼聲。

一邊散步，一邊打聽了一圈，沒人見過小花狗，看來並不是小區裡走失的寵物。直到晚上，小花狗大概是拉屎之後腹中空洞，終於餓急了，勉強吃了些狗糧。黑貓還是老樣子，趴在角落裡默默守著老李和小花狗，毫無離開的意思。

貓、狗的心思老李思索不透，但一夜之間從獨居老人變成了貓、狗雙全，有些歡喜，又有些措手不及。

「你說說你，到底打哪兒來的？有沒有主人啊？你主人著急不著急啊？你想不想他啊？」

老李趴在床邊，笑嘻嘻地看著小花狗。

「我看你也不著急，就知道在我這裡瞎耗著。」

小花狗一雙水汪汪的大眼睛滴溜溜地轉著，媚眼如絲，瞧得老李受不了。

「哎喲！我的小祖宗，算你行！你說說你，這麼懂事兒，這麼乖，誰捨得扔下你呢？」

「還有你。」老李轉頭，看向趴在臥室門口的黑貓。

「叫你進來多少回了，每次都待不了幾分鐘就跑了，這下倒好，在我這裡做窩了？」

「你說說你，你一公貓，跟人家一母狗這裡瞎起鬨，你知道你們不是一個物種嗎？傻小子。」

黑貓早已不是傻小子，一定要說的話也是傻老子。但老李說得樂呵，左一個「你說說你」右一個「你說說你」，愣是自己把自己給說累了，躺在床上關了燈想睡去，卻又不自覺地笑了起來。

「再這麼下去，就要給它們取名字了啊。」

老李七十多歲，其實也有少女般細膩的心思，只是動物不懂，又無人可說。

三

幾天過去，小花狗和黑貓幾乎是無縫接入一樣地進入了老李的生活，老李偶爾下樓散步，似乎也沒聽說誰家丟了狗，心裡漸漸踏實了下來。

有時出門辦事，回家便要受到小花狗熱情的招待，這是專屬於狗主人的幸福。生命這東西，即便不能言語，也有屬於自己的熱量，老李冰冷的生活被一貓一狗漸漸焐熱了，屋裡彌漫著一種帶有溫度的氣息。這房子冷清了十幾年，也終於熱鬧起來。人精神了，腦子也開始活泛，甚至想起來很多早已忘掉的往事。其實婚後老李試著提過養狗為伴的想法，但那時的生活條件太差，養活自己尚且困難，加上愛人喜淨，嫌狗的屎尿髒亂麻煩，他便把這想法收了起來。如今有一隻如此懂事兒的小花狗闖入了生活，倒像是某種補償。

在老李眼中，小花狗實在是太乖了，從不胡亂吠叫，從不隨地拉屎撒尿，或許是已經過了磨牙的年紀，家中的拖鞋、地毯、沙發也都平安無事，老李所聽說過的關於養狗的麻煩無一應驗，唯一兌現的，是每個狗主人都擁有的那一份快樂。

但有時老李又覺得，這小花狗是不是過於聽話了？以至於顯得有些拘謹，像個客人。轉頭一想，人家本來也是個客人。

偶爾老李逗著狗會忽然驚覺自己冷落了貓，轉頭尋找黑貓，黑貓便「喵」一聲示意自己的所在，但僅此而已，似乎也並不在意。黑貓從不和小花狗玩，最親暱的舉動不過是拿爪子撓一下小花狗的後背，對老李也不算熱情，即便老李出門一整天也不過緩步過去蹭兩下褲腿，這是屬於貓的驕傲。

決定給黑貓和小花狗取名字，便是要把它們納入自己的家庭，老李對此很慎重。當然，說是慎重，其實心中已很迫切，連續好幾晚在書桌前羅列心儀的名字。

黑貓和老李是老相識，屬於自己人，知根知底。而小花狗則不同了，老李打算先帶小花狗去寵物醫院做個體檢，沒問題的話，就給它「賜名」。

醫生說小花狗的年齡不算小，看牙齒大概有八九歲。皮膚不太好，身上有些癬，掉毛問題也比較嚴重。

「你別總給它吃太鹹的東西，人吃的東西都別給它吃，這是狗！不是人！以後只准吃狗糧！聽見了嗎？」醫生義正詞嚴，老李乖乖點頭。

「你看看，你看看！誰家像你這麼餵狗的？餵這麼胖！告訴你啊，再這麼下去，心臟病、腎病、關節病，老了以後一個都跑不掉！」醫生繼續嚴肅地教育著老李。這一番話讓老李心裡的不安又隱隱發作，有些犯嘀咕，畢竟從沒聽說過哪隻流浪狗自己把自己流浪成了過度肥胖。而這種不安很快又被醫生證實——小花狗已經做過絕育手術。

這意味著什麼呢？老李很清楚。

推著腳踏車，小花狗乖乖地趴在車筐裡，老李的心情很矛盾。

出於作為社會成員的責任感，老李覺得自己應該再試著去找找小花狗的主人。但在他心底，隱隱地希望永遠找不到這個人，又或者小花狗並不是走失的狗，而是被主人主動遺棄的。想到這裡又覺得自己實在自私，暗暗譴責自己。小花狗依然撲閃著大眼睛，斜眼看著老李。

懂得討好人類的動物並不少，而狗之所以被人類喜歡，其中一個原因是狗的大腦對情緒的感知能力與人類是相當的。即便老李只是這麼沉默地走著，小花狗也能感受到老李的心情，小爪子一把搭在老李握著車把的手指上，勝過千言萬語。

老李停在了路上，細細感受著小花狗爪子裡肉墊的溫度。真像是愛人的手啊，彷彿在說——別，別離我而去。

不是我離開了你啊，愛人。是你，是你生病了，是你離開了我呢。

就這麼推著腳踏車漫步在街上，不知誰忽然大喊了一聲：「跟屁蟲！」

老李起初並沒有聽見，而那聲音仍然堅持不懈地喊著，直到老李轉頭看去，原來是隔壁小區的保全。再仔細一看，那保全竟在向自己揮手。

四

隔壁小區的保全當然不認識老李，倒是一眼認出了小花狗，篤定地說這是他們小區裡的狗。

老李心裡一驚，擔心遇上了什麼騙局，但那保全說得頭頭是道，倒也可信。原來這小花狗的名字叫「跟屁蟲」，被稱作這個小區的「區狗」。據保全說，小花狗的主人從不讓它進屋，一直養在一樓的樓道裡，所以小花狗平日裡總在小區裡自己遊玩。久而久之，小區的保全們似乎對它的熟悉程度還甚過了它那個所謂的主人。

那天下雨，或許是雨水衝散了氣味，或許是貪玩走了遠路，小花狗才會走到了街對面的小區，遇見黑貓，出現在老李家的門口。

「那個女人，對狗不好。」保全一副氣憤的樣子。

「從來不讓狗進屋，下雨下雪都讓它在外面睡。她根本就不管這狗，自己要不就完全不出門，要不就很晚才回來，就給狗帶一點吃剩的東西。」

「什麼鴨架子，滷排骨，火鍋裡涮的肉……」保全一口氣說了許多食物，好像相聲

演員在報菜名。他顯然也是心疼小花狗的，語氣裡帶著些不忿，這些抱怨大概早就想說了，只是今日才有了老李這個聽眾，一定要一吐為快。

「狗哪兒能吃這些？狗要吃火腿腸的。」

縱然不滿，他也沒忘了一旁腳踏車筐裡的小花狗，說話時手一直在撫摩著它，好像在說「別聽別聽，說的不是你」。

老李暗自苦笑，心想，這小花狗可真是一隻人見人愛的狗，即便真的去流浪了，想必也能過得很好。隨即又想起了自己費盡心思餵小花狗吃狗糧卻屢遭拒絕的情景，以及醫生的叮囑，此刻他終於明白了原因。

聽說老李撿到小花狗之後的經歷，保全拍手點讚，說老李才是個合格的主人。他慫恿老李把小花狗認養下來，乾脆就帶回去算了。

「我就當啥也沒看到，你就當從沒見過我，好好養牠！」保全悄聲說道。

老李確實被這保全給說動了，但他一輩子都是個老實人，這事情思來想去總是沒那麼光明正大，以後每每走到這裡總要心虛，還是應該和小花狗原本的主人說一聲才好。況且，一個如此不在意狗的主人，想必也早已不願再養了。說一聲、打個招呼，你這女人少了個負擔，我這老頭兒多了份樂趣，這小花狗迎來一段好日子，可以說是圓圓滿滿，正正好好。

那女人住在一樓，保全帶著老李走到了樓門口，一邊走一邊嘀咕著關於那女人的事情。

「你知道嗎，這女人可漂亮，可惜是個小三，這房子根本不是她的，她男人一個來月才來看她一次，就這樣還給她男人生了個孩子……」

老李向來不愛說閒話，皺起了眉頭。而這保全還兀自嘮叨著他們幾個保全是如何分析出這女人並非正房，又如何在那男人開車進小區時刁難他。

老李終於不耐煩，示意他就此停住，自己進去找那女人就好。

開門的是一個約莫三十來歲的少婦，果然是個美人，精神卻有些萎靡。

穿著一套絲質的睡衣，身材纖瘦高挑，看一眼便難免要猜測有多少人曾經拜倒在這睡衣之下，只是胸前有一塊明顯的汙漬，顯得不合時宜，顯眼，卻又不敢久看。頭髮亂得不成風格，已經中午卻還是一副剛睡醒的樣子，隔著玄關也能聞到屋裡凌亂的氣息，混雜著一個小孩尖銳的哭叫聲。

若換一個年輕的陌生男人站在這裡，那女人大概還會不自覺地修飾修飾自己的妝容，而男人也不免散發出本性裡危險的氣息。但老李臉上的皺紋彷彿是一種證據，證明這個老頭子是安全的。而他的心裡確實也毫無雜念，甚至想著「如果當時再生下一個女兒，大概就是這個歲數了」。

「請問……」

老李話還沒說完，腳邊的小花狗就撲向了少婦，活蹦亂跳地圍著她轉，於是也不用再問了。

「哎喲！跟屁蟲！」少婦驚呼道。

即便保全已經告訴過老李這小花狗的名字，老李也還是笑了起來，老李也猜測過它曾經被喚作什麼，怎麼也沒想到竟然就叫「跟屁蟲」，再一思索，倒也貼切。

但老李臉上的笑容很快就褪去，他吃醋了。小花狗在這女人面前做出了一個老李從沒見過的動作——整個身體翻轉倒地，露出細嫩柔軟的肚皮，尾巴在地上橫掃著，彷彿在說：快！快來摸我可愛的小肚子！

可無論小花狗怎麼耍乖賣萌，那女人始終站在門口，一點也沒有打算低身去親暱的樣子。

這女人說自己叫蘇茜（但保全說她車位租賃資料上的本名叫於麗娟），已經在這裡租住了很多年。她看起來暈暈乎乎的樣子，腦子倒是清晰，老李簡單幾句便把自己撿到小花狗的事情說明白，蘇茜也隨著老李的講解補充起來，說自從那天下雨，自己確實有很長時間沒見到小花狗了。

見老李臉上一副掩飾不住的鄙夷的樣子，蘇茜又趕忙加上一句，說自己也出去找過，沒找到。

老李一輩子沒怎麼騙過人，但總還是被人騙過，他知道這女人大概從未去找過小花狗，或者頂多去找過一次，只是萍水相逢，也不必拆穿。

見小花狗和她親暱，老李也想證明自己和小花狗是有感情的，順便提出把小花狗交給自己來養，便蹲下來叫小花狗。誰知小花狗竟紋絲不動地貼在蘇茜的腳邊，讓老李很沒面子。

「它是和我比較親，我們兩個……我們三個，也算相依為命，對吧？跟屁蟲？」

蘇茜這時才終於低頭看著小花狗，言語溫存，眼神細軟如絲。若是個成年男子被這樣的雙眼看上一眼，被這樣的聲音喚上一聲，想必也會如這小花狗一般癱軟在她的腳下。從蘇茜的話裡聽起來，她的孩子顯然年紀還不大，當媽的還不習慣把孩子算進「相依為命」的名單裡。而無論蘇茜的語氣裡有多少愛意，卻始終不願彎腰去摸摸小花狗，小花狗似乎也習慣了，一陣親密之後已經安靜地趴在了蘇茜的腳邊。老李也喜歡小花狗，想據為己有，但這一份慾念此刻被扼在了喉間，不知為何，就是說不出口。

屋裡傳來什麼東西掉在地上的聲音，蘇茜皺起秀眉回頭望去，又看了一眼老李，說了些道謝的話。老李明白，自己該走了。

五

回家的路上，清風襲人，老李並不那麼失落。

他早知道世事不會盡如人意，生活的得失也從不會去徵求他的意見，否則也不至於竭盡心力依然挽回不了愛人，晚景孤獨。他是喜歡小花狗，但畢竟相處的時日不長，若要失去它，此刻就失去也不算壞事。

他倒是有些擔心黑貓，這黑貓原本是因為小花狗才進了自己的家門，也不知道小花狗走了以後它還會不會留下，若是走了，老李馬上又要從貓狗雙全的幸福老頭兒變回兒子口中那個餵流浪貓的獨居老人。

果然，黑貓在屋裡轉悠了一陣子，「喵喵」地叫了起來，跑到廚房裡放狗糧的櫃子前守候著。老李看著這一大包或許很快會被扔掉的狗糧，觸景生情，有些失落。在屋裡呆坐了很久，吃飯也無味。

「要不我就假裝去送狗糧，去看看牠去？」老李如此盤算著，本已經平靜的老心臟裡又湧起些少年的意氣，像個失戀不久的高中生。

入夜，隔壁小區的保全已經輪崗，但一聽說這老頭子是來看「跟屁蟲」的，還帶了吃的，也馬上熱情地開啟了門讓老李進去。

走進樓道，門口放著一張毯子，毯子邊放著兩個小碗，一個碗裡盛著半碗水，一個碗裡剩著半塊雞骨頭，想來不是餐廳打包回來的就是外賣剩下的。老李沒看見小花狗，心裡頓感失落，忽覺背後有動靜，回頭一看，小花狗在他背後搖著尾巴，撲閃著大眼睛望著他。

若此時把牠抱走，那叫蘇茜的女人想必也不會追究，但老李想了想還是覺得良心上

過不去，便敲開了蘇茜的門，打算借送狗糧之名再勇敢地提出認養小花狗的想法。

過了許久蘇茜才開門，開啟門時屋裡一片漆黑，沒有一絲燈光。藉著走廊燈的光亮，老李發現蘇茜剛剛哭過，雙眼紅腫，左臂有一塊明顯的淤青。

這下可好，雖不知道這淤青和眼淚從何而來，但眼前這個女人顯然正處於悲痛之中，老李準備好的一套說辭又打了水漂兒，全然派不上用場。於是說明了自己的來意，放下狗糧叮囑了幾句便要走。但蘇茜看起來實在令人心疼，新聞上最近也總是出現家庭暴力之類的報導，出於禮貌，老李多嘴了一句，問她：「你沒事吧？」

不問倒好，老李一問之下蘇茜又蹲在地上哭起來，這一哭又驚醒了屋裡的孩子，跟著尖叫大哭。蘇茜蹲在門口一動也不動，老李無所適從，二人一狗，僵持在走廊裡，直到鄰居出來喝止。

「煩不煩啊，天天就是哭哭哭，孩子哭了大人哭，讓不讓人活了？」鄰居大姐看起來也是個知書達理的人，此刻卻絲毫不留情面，顯然這情景已不是第一次出現。

蘇茜見那大姐的語氣厲害，收起了哭聲，小聲說了句抱歉。老李心想今天不便再多說什麼，轉身要走。

「大爺，你……你能幫我個忙嗎？」老李身後傳來蘇茜的聲音。一回頭，蘇茜楚楚可憐的大眼睛正直勾勾地看著他。即便已經七十多歲，卻也還是忍不住心中一蕩，不由自主地點了點頭。

進門前，老李看見小花狗在門外巴巴地望著自己，正想招手讓它進來，門卻被蘇茜迅速地關上了。

原來蘇茜家裡一片漆黑和手臂上出現的淤青並不是因為什麼驚悚的原因，不過是電路跳閘了。電箱的位置太高，蘇茜踩著凳子去夠卻不小心滑倒，摔傷了手臂。或許是觸發了心裡什麼未解決的議題，就此哭了起來。

若蘇茜真是老李的女兒，哪怕是個晚輩，也是斷然不會讓七十多歲的老頭兒踩著凳子去給她推電箱閥門的，但在這一刻，對蘇茜來說，老李並不是個老頭兒，而是個男人。

點亮燈火之後，老李目睹了此生所見過的最凌亂的房間，他甚至都無法想像自己是如何在一片漆黑之中從門口走到了屋裡，整個房間都瀰漫著香水和幼童屎尿的味道，加上那孩子時有時無的哭聲，讓人著實煩躁，也難怪鄰居大姐毫不留情地責罵。

或許是使了歪勁，老李的腰有些疼，他撥開沙發扶手上的雜物，叉著腰坐了下來。

「孩子，沒什麼大不了的，這不是來電了嘛，回頭你去看看電錶還剩多少錢，不放心就再充一點。」老李試著安慰蘇茜。

「大爺，你有孩子嗎？」蘇茜忽然問。

「有個兒子，應該……看起來比你大一些。」

「哦，是兒子啊。」

「對，就一個兒子。」

「那你兒子，他都會些什麼？」

老李雖然是以兒子為驕傲的，但這樣的問題好像從未聽過，「會些什麼」，這樣的問法彷彿在問一個三四歲的小童，是會走路、會跑步，還是會說話、會唱歌？

「他跟我一樣，是個會計，會什麼我也說不上來，小時候下過圍棋，現在也不靈了，最近好像在學什麼進修班，以後想當個領導。」老李也不知如何回答，只能據實彙報。

「結婚了，孩子上中學了。」老李又補充了一句。

蘇茜聽完，也沒再回應這本來就莫名其妙的問題，只是緩緩地嘆了一口氣。她坐在地上的衣服堆裡，身板也不像白天那樣筆直地挺著，歪歪扭扭的，像一朵枯萎的花。她身下壓著一件白色蕾絲邊的上衣，想必穿上了自有萬種風情，此刻卻乾癟在地，任她碾壓。

六

「那什麼，孩子，我看你生活也挺不容易的，裡屋是不是還有個小孩呢？要不你那狗，小花狗……跟屁蟲，先放在我那裡養一陣子？」

老李終於看準時機，丟擲了問題。

「好啊，你拿去養吧。」蘇茜的答案几乎在老李的話音還未落時就說出了口，她盯著天花板上的空白，也不知是否經過了思考。她身上散發著一種失落與失望，這種感覺甚至讓老李覺得自己是不是占了人家的便宜，哪怕老李此刻說要帶走蘇茜的孩子，說不定她也會同意。

「其實，跟屁蟲也不是我的狗。」蘇茜緩過神來，對老李說。

「你要帶走就帶走吧，我其實……我也不該養狗，我對狗毛過敏。」蘇茜說罷撩起了睡褲的一角，把剛才被小花狗蹭上的狗毛一根根挑了出來，用紙巾包好，扔進了垃圾桶。

「跟屁蟲是我剛剛搬來沒多久的時候跟著我回來的，我也不知道牠當時多大，從哪裡來，總之走在路上就發現牠跟著我，攆也攆不走，一直跟我回家。」

「我原本對貓啊狗啊都不是很感興趣，自己都養不活，還養什麼動物呢？」蘇茜苦笑著說。

「但是那天下雨，特別冷，我也不忍心讓牠在外面待著，結果讓牠在家裡住了一個晚上就打噴嚏打得鼻子都腫了，身上還起疹子。去醫院看了，醫生說是對狗毛裡的什麼東西過敏，沒辦法，只能再讓牠出去。」

這故事一樣發生在陰冷的雨天，老李不由得回憶起第一次見到小花狗的情形。

「然後呢？」老李問。

「然後，就這樣了。」蘇茜看著緊閉的家門。

「如果是這樣的話，你其實……也可以不用養牠的。」老李委婉地說。

蘇茜沒說話，拿出了手機，翻出了幾張小花狗的老照片給老李看，照片裡的小花狗毛髮依然雜亂，看起來也清瘦許多，一雙大眼睛倒是沒什麼變化，也是如現在一樣的惹人憐愛。蘇茜拿回手機又翻了幾張照片，微微笑起來，摩挲著螢幕，滿眼愛意。這情景在老李看來實在有些滑稽，畢竟那螢幕裡的狗就在幾公尺之外，在門的另一邊，這女人不開啟門去看牠，倒是要對著個冰冷的螢幕深情款款。

「我把牠放在外面，給牠吃了點東西，第二天牠就不見了，我想牠可能自己走了。」

蘇茜放下了手機，接著說。

「又過了兩天，我回家，發現牠蹲在我家門口。」

聽到這裡，老李又想起了黑貓。

「可能是緣分吧？它只來過一次，就記住了我家。我也想試試能不能把牠養活，那就這麼養著唄。我也不知道該叫牠什麼，其實也不想給牠取名字，牠自己要一路跟著我，就叫牠跟屁蟲了。」

「我帶牠去醫院看過，醫生說牠挺好的，就是吃的……吃的東西鹽和味精太多了，以後還是要吃狗糧。」老李能感覺到蘇茜已經在盡力照顧小花狗，不願把話說得太刺耳。

「對了，你給牠絕育了？」老李想起來這件事。

蘇茜聽到這話，沉默了幾秒，眼神裡閃過一道流光，以極快的速度瞥了一眼裡屋，屋裡的孩子大概是哭累了，已經不再有聲響。

收回眼神後，蘇茜的身體出現了極為細小的顫抖，她低著頭，深深地撥出了一口氣，隨即恢復了平靜。這一切在短短幾秒之內發生，留下些餘波，蕩漾在她灰黑色的影子裡。

「是我帶牠做的，我其實不懂該怎麼養狗，但……牠這麼總在外面跑，萬一……那牠該怎麼辦？我該怎麼辦？我覺得這樣才是對的。」蘇茜抬頭看著老李，雖然在語言裡認可著自己，但看錶情似乎並不確定自己是否真的做對了，尋求著肯定。

「挺好的，你也不打算讓牠生，本來也該絕育。」老李點了點頭，蘇茜的表情放鬆了下來。

「你喜歡你就拿去養吧，我老公……孩子他爸爸也總是……出差，我一個人養我自己都費力，養不好它。」

老李聽保全說過，蘇茜的男人似乎是有家室的，此刻卻也不便詢問。

裡屋的孩子又有些動靜，蘇茜坐起身來進屋把他抱了出來。那孩子白嫩可愛，一雙會說話的眼睛流動著種種情愫，像極了媽媽，哭起來那撕心裂肺的聲響，也有些像媽媽。

開啟門，又看見了小花狗那雙大眼睛。老李心想，還真是一家三口。

七

老李明明得償所願帶回了小花狗，卻因為和蘇茜的談話而有些悵然若失。倒不是動了男女之情，一定要說的話或許是動了父女之情，覺得蘇茜的生活實在有些讓人心疼。老李臨走時留下了自己的聯繫方式，讓蘇茜有空時可以來看小花狗，這本來是客氣話，誰知蘇茜還真來了。有時帶著孩子，有時自己來。

起初，蘇茜只是來看看便走，後來也坐下聊會兒天，再後來還偶爾留下吃頓飯，只是她一過來小花狗就得被關在臥室裡——說來也諷刺，她竟是來看望這狗的。

老李數次邀請她「老公」來做客，蘇茜始終堅稱老公在出差，總是不在家。老李知道這是假話，但在老李的生活裡與他說話的人太少了，即便是假話也樂得照單全收，至少不寂寞。算起來，老李和蘇茜見面的頻率倒是比自己的親兒子還要高，自是越來越熟悉。和小孩子混熟之後，蘇茜也試著小聲拜託老李在她出門時幫忙照看孩子。老李抹不開面子，也答應了，兒子都四十多了竟又開始重操舊業，把屎把尿。好在也帶過一段時間孫子，手藝還沒有退潮。

老李好幾次側面打聽蘇茜平時是做什麼的，都被她找話題搪塞過去。

一次，老李強撐著睏意守著熟睡的小孩到了半夜，蘇茜才酩酊大醉地出現。一進門竟然一把抱住了老李，又開始哭。溫軟的軀體癱軟在老李懷中，若不是一身酒氣實在令人作嘔，老李說不定也會心猿意馬。

「大爺，我，我難過……」蘇茜醉醺醺地呢喃著。

「大爺，我老公，我老公……他有老婆，還有孩子。」

「大爺，我其實……沒有老公。」

「大爺，我得……我得再找一個老公。」

「大爺，你說他們……怎麼都一個德行，只想要我，別的都不想要？」

「大爺，你知道，你知道我會什麼嗎？」

「我特別……我特別會……讓別人喜歡我……」

蘇茜這時翻起那雙已經毫無神采的藍色大眼睛，在距離老李面龐極近的位置看著他。老李朝那雙眼睛裡望去，似乎深不見底，卻又空空蕩蕩。隨著眼淚，什麼東西從眼睛裡掉了出來，再一看，那眼睛又變成了黑色，足足小了一圈，依然空蕩，卻更顯呆滯。

「但是我，我這輩子……就只會這麼一件事。」老李把她扶到了沙發上躺平，而蘇茜還在喋喋不休。

「我沒工作過……一分錢都沒賺過……我連停電了都搞不好……我就會一件事，我就會……」

說話間，蘇茜迷迷糊糊地伸出手來，竟要去摟老李的脖子。

電光火石間，一道黑影閃過。蘇茜一聲驚叫，徹底從酒醉裡醒了過來，老李也嚇得躲到了一側。只見蘇茜的手臂上赫然出現了三道長長的血印，鮮紅的血正從裡面迅速湧出。

不遠處，黑貓威立在沙發的扶手上，利爪出鞘，緊扣在沙發的皮布之中。它齜牙咧嘴地發出著「呲呲」的聲音，眼神鋒利，尾巴和渾身的毛髮都已經豎了起來，像是個奮勇的少年戰士，矗立於敵軍之前。

那原本熟睡的孩子也被蘇茜這一聲尖叫吵醒，哇哇大哭。

黑貓轉身隱入了電視櫃下的角落裡，老李與蘇茜相對無聲，縱有欲言之語，卻不知如何開口。

老李把黑貓關進了廚房，再包紮完蘇茜的傷口，已經一夜沒睡。捱到了天亮又趕緊帶她去了醫院消毒打針。

如此熬夜對蘇茜來說似乎是常事，但老李畢竟七十多歲，體力難支，竟在醫院的長椅上抱著孩子睡著了。這一覺睡得沉，隱約覺得其間醒過幾次，說了些話，但醒來時竟已經回到了家裡，蘇茜在一旁抱著孩子，恍惚間竟有種錯覺，似乎回到了幾十年前。

老李問自己是如何回來的，蘇茜說在醫院裡找了個人給背上車送回來的，到小區了又找了個保全給揹回了家，老李連忙再問有沒有給人家一些錢，蘇茜微微笑了笑，說人家都是好心。

醫院那人倒算了，自己小區的保全老李是知道的，從來就不是個熱心腸。

老李沒再說話，平躺下來，暗自思索著什麼。

八

思慮成熟後，老李對蘇茜提出了一個建議。

「孩子，我們也熟悉了，你的情況……大爺我也算了解一些。你大爺我沒什麼錢，也不認識什麼厲害的人，自己這輩子混得也就這樣了。但你大爺還是有一樣本事能教給你的，這本事不算多厲害，但至少你娘倆以後能踏實過日子，安身立命總是沒問題的。」

老李拿出一本書來給蘇茜，是會計學的基礎教材，老李以前在公司帶新會計考註冊會計師時也客串過講師，他思來想去，這是他唯一能幫蘇茜的事情。

「我看你腦子也算靈活，你跟著我學，兩年之內，我包你多會一件事。如果努努力考個註冊會計師資格證，那更好，去哪兒都不愁生活。」說起自己的專業，老李連聲音也厚重起來，一副自信滿滿的樣子。

「我自己吧，專業上是夠了，就是和人相處大概還是木訥了點，到頭來也沒升上去，這點你比我強，好好學，沒問題的。」

「不強求啊，不強求，不過你大爺也就這點本事了，你考慮一下吧。」

老李坦誠的表達讓蘇茜感到了一種巨大的壓力，似乎是在逼著她成長。她對會計的了解和對太陽系小行星帶的了解一樣，是個徹底的零。但她無力拒絕老李，她這半輩子獲得過無數男人的關愛、無數「慷慨」的贈予，但男人的付出總有這樣那樣的代價，唯獨眼前這個老頭子所承諾的，似乎與所有的代價都無關。

這一定要長大的壓力，是來自爸爸的壓力吧？這份心意，就是爸爸的心意吧？蘇茜在心底默默想著。她自小沒有爸爸，媽媽後來結交的男友更沒有一個讓她尊敬崇拜的，有一兩個甚至還藉著滑稽的理由去摸過她的身體。她無人詢問如果有爸爸，和他該是怎樣的相處，但她迫切地想知道答案，否則不知道要如何回報老李。如果是爸爸的話，我就不用回報了？對吧？至少別人都是這麼說的。

老李的兒子以前下過圍棋，如果是爸爸的話，我也會下圍棋了吧？

每次蘇茜來上課之前，老李都會拿超市買來的滾筒把家裡的狗毛悉數黏掉，光是這一項工作便要花去將近一個小時。但老李樂得如此，自從兒子一家搬去了遠郊，老李家熱鬧的時候是越來越少。如今貓狗在側，還常有母子相伴，儼然一副闔家歡樂的樣子。

老李對兒子說蘇茜是朋友的孩子、自己新收來的徒弟，小李也樂見爸爸老有所為，還專門請蘇茜吃了頓飯。倒是兒媳，自從吃了那頓飯，便想著法子阻攔小李在蘇茜上課時去看望老李。

蘇茜不可謂不用功，但畢竟還有孩子要帶，況且一輩子從未涉足職場，學的東西是完全陌生的領域，童年的數學根基也不牢固，使得老李的教學計畫進行得十分緩慢。幾個月過去了，依然連備抵帳號和伴隨帳號都分不清楚。

「大爺，我是不是太笨了？」這幾乎成了蘇茜的口頭禪。

「你這還叫笨？我像你這時候連應收帳款都算不明白呢。」這事情自然沒在老李身上發生過，但老李已經窮盡了安慰的言語，索性胡說八道起來。

只是可憐了小花狗，起初被關在臥室，後來被關在外面的花園裡，好在它性情溫順，還有黑貓陪伴，倒也沒添什麼麻煩。

九

這天本來約好了下午上課，蘇茜卻沒有來。

老李隱約感覺到蘇茜最近的心不在焉，但他心想，學習總有瓶頸，或許過幾天就會好。等到了晚上，蘇茜還是沒有訊息，電話不接，訊息也不回。

會不會是蘇茜的孩子出事了？老李儼然已經把那孩子當成了自己的另一個孫輩，焦急起來。跑到蘇茜家敲門也沒人，連門口腳墊下的備用鑰匙也消失不見。一問保全才知道，蘇茜家已經連續幾天有車來搬家具，老李心中出現了不好的預感。

一邊打電話，一邊又去了附近蘇茜常去的超市，自然也是撲了個空。

回到家，小花狗也不見了。

花園籬笆外的灌木上留下了人類穿行的痕跡，小鈴鐺也掉進了草叢裡，老李很快便明白發生了什麼，些許安心，些許惆悵。

安心，是因為老李知道蘇茜和孩子應該是沒事的。而惆悵呢，或許是因為這一幕終於還是出現了，蘇茜沒能成為老李想要她成為的那個人，或許老李也根本沒資格去要求她成為怎樣的人。至於蘇茜到底幹嘛去了，老李累了，即便猜得到，也懶得再猜了。

坐在沙發上，黑貓不知從哪個角落裡跟了過來，蹭著老李的手，彷彿在安慰他。

黑貓也老了，鼻頭的光澤已經漸漸褪去。兩個老掉的生命靜靜相依，這屋子忽然變回了原來的樣子，寂靜無聲。

十

太陽只剩下最後一絲黯淡的光亮時，老李收到了蘇茜的訊息，短短幾句話，倒是情深意切。

「大爺，我搬家了，對不起，辜負了你的好意。」

「我不知道該怎麼和你說，只能這麼偷偷走了，別怪我。」

「這次這個人，他挺好的。他說他不在意我以前的事情，也不在意我有孩子，會好好養我們的。本來想帶他來見見你，讓你把把關。」

「『Susiebaby』撤回了一條訊息。」

「大爺，我最近已經沒有以前好看了，我要跟他走了。」

「跟屁蟲我也帶走了，他那邊有個大院子，讓跟屁蟲去那邊也挺好。」

「我知道你喜歡跟屁蟲，但我臨走才發現我沒辦法離開它，它讓我覺得不孤單。」

「謝謝你，大爺，你對我很好，但我沒法兒一直這樣，我做不到，對不起。蘇茜。」

看到最後，老李忽然想起來，蘇茜直到離開也從未對自己說過，她的本名其實叫於麗娟。

老李已經很久沒再有過這樣複雜的心情，像一面陳舊的湖，水老了黏稠起來，湧起波浪時裹挾著泥草。

「小花狗，這沒良心的。」老李沒來由地啐了一句，黑貓抬起眼皮看了看他，又低頭睡去。老李想起蘇茜說過，小花狗也是她半路撿來的。仔細想想，這小花狗倒是厲害，跟著蘇茜便能與蘇茜相依，哪怕她對狗毛過敏，跟著老李也能與老李生活，哪怕之前從未見過。或許小花狗從前也流浪過，抑或跟過別的主人，想必也是有辦法討好，有辦法維繫。

「到底是她的狗啊。」老李嘆道。

但這樣的一條小花狗，到底幸福幾許？快樂幾分？到底獲得了牠所想要的嗎？是否有過哪怕一次快意恩仇的尿？尿在誰家的地板上，放肆妄為。老李不知道，也永遠不會知道。或許狗的想法要簡單許多，沒有人類這麼繁複的思慮和煩惱。

至少確定蘇茜母子平安，老李長出了一口氣。他抱起黑貓來，仔細端詳著，黑貓倒也老實，任他擺布。

「你說說你，跟著小花狗進來，跟人面前瞎起鬨，這下人家走了，你怎麼說？」

「你說啊，你怎麼說？你是留下，還是再出去晃盪去？」

老李把通往花園的落地門開啟了一條縫隙，把黑貓放在地上，靜靜看著黑貓。

黑貓走進花園，轉過身來坐在地上，抬頭看著老李。

「你走不走？你不走我可就給你取個大名了啊！」老李笑著說。

黑貓依然蹲坐在原地，「喵喵」叫著，彷彿催促著老李什麼。老李從裡屋拿出自己寫滿了名字的那張紙，一邊一個個念出來，一邊瞧著黑貓的反應。

黑貓安靜地聽著，卻毫無動靜，似乎沒有一個名字能喚醒牠。

「怎麼？你一隻土老貓，還嫌這些名字太粗了？」老李不算個文化人，記得當年給兒子起名時也被愛人數度否決，最後還是拜託了報社的朋友才選出幾個有內涵還上口的字眼，否則小李這輩子如果真叫了「正剛」、「勇強」之流，或許又是另外一番人生。

念及舊事，老李兀自笑了起來。也不知腦子裡哪根筋搭錯了，對黑貓輕輕喊出了一個名字。

「玉蘭？」

黑貓伸長脖子「喵」的一聲，緩步走進了房間，伏在了老李的腳面上。

回到書房，老李找出來一封信，是愛人留給他的最後一封信。信裡的字跡因為病痛而變得潦草，交代了些後事，說了些感懷的言語，最後的最後，還留下了一行小字。

「解放，我要走了，但你還在，如遇到可陪伴的人，請務必替我珍惜。」

「務必」二字下，畫了一道淺淺的橫線。

信紙已經泛黃，卻不知一同泛黃的還有些什麼。

抱著黑貓，老李的眼淚奔湧而出。

深深的皺紋裡浸滿了淚水，如生命的長河。

電子書購買

爽讀 APP

國家圖書館出版品預行編目資料

七個不算太暗的夜晚：點亮生命中的那些微光，指引著我們想去的方向 / 熊德啟 著 . -- 第一版 . -- 臺北市：崧燁文化事業有限公司 , 2024.04
面； 公分
POD 版
ISBN 978-626-394-135-9(平裝)
857.63 113003342

七個不算太暗的夜晚：點亮生命中的那些微光，指引著我們想去的方向

臉書

作 者：熊德啟
發 行 人：黃振庭
出 版 者：崧燁文化事業有限公司
發 行 者：崧燁文化事業有限公司
E-mail：sonbookservice@gmail.com
粉 絲 頁：https://www.facebook.com/sonbookss/
網 址：https://sonbook.net/
地 址：台北市中正區重慶南路一段六十一號八樓 815 室
Rm. 815, 8F., No.61, Sec. 1, Chongqing S. Rd., Zhongzheng Dist., Taipei City 100, Taiwan
電 話：(02) 2370-3310 傳 真：(02) 2388-1990
印 刷：京峯數位服務有限公司
律師顧問：廣華律師事務所 張珮琦律師

定 價：330 元
發行日期：2024 年 04 月第一版
◎本書以 POD 印製
Design Assets from Freepik.com